熊猫大使

春水方生 著

长江出版传媒　长江少年儿童出版社

权利保留，侵权必究。

图书在版编目（CIP）数据

熊猫大使 / 春水方生著 . — 武汉：长江少年儿童出版社，2024.8
ISBN 978-7-5721-4880-4

Ⅰ.①熊… Ⅱ.①春… Ⅲ.①长篇小说 – 中国 – 当代 Ⅳ.① I247.5

中国国家版本馆 CIP 数据核字（2024）第 044672 号

熊猫大使
XIONGMAO DASHI

作　　者	春水方生	出版发行	长江少年儿童出版社
出 品 人	何　龙	承 印 厂	武汉新鸿业印务有限公司
策　　划	姚　磊	经　　销	新华书店湖北发行所
	胡同印	开　　本	880mm×1230mm　1/32
责任编辑	赵佳慧	印　　张	6.25
整体设计	吴　萌	字　　数	165 千字
插　　画	青色时光	版　　次	2024 年 8 月第 1 版
排版制作	方　莹	印　　次	2024 年 8 月第 1 次印刷
责任校对	邓晓素	印　　数	1—5000
督　　印	邱　刚	书　　号	ISBN 978-7-5721-4880-4
		定　　价	30.00 元

本书如有印装质量问题，可向承印厂调换。

目录

缘　起	1
第一章　爸爸变了，我好像也变了	6
第二章　现在还有妖魔鬼怪吗	14
第三章　谁说平民孩子不能学功夫	22
第四章　憨同学也有凶猛的瞬间	29
第五章　奇怪的大肥鱼师父，奇怪的句子	37
第六章　功夫学院来了一位神秘客人	44
第七章　是时候该改变了，不是吗	56
第八章　777越解释，奇奇越糊涂	68
第九章　当明星的感觉真棒	81
第十章　你真不像是在草原长大的	92

第十一章	疯狂的全明星格斗大赛	99
第十二章	也许这就是成长	112
第十三章	一波未平，一波又起	121
第十四章	"月亮出来啦，妈妈快回家"	133
第十五章	恭喜你，你是万物之王	145
第十六章	我不想再失去你	158
第十七章	魔其实在我们心中	166
第十八章	只要心中有光，谁都可以成为英雄	176

尾　声　　　　　　　　　　　　　188

缘　起

　　这个故事的主角是一种怪兽。准确地说,在很久很久以前,它是一种凶猛的怪兽。

　　很久有多久呢,有人说是 700 万年以前,有人说是 800 万年以前,也有人说是 1000 万年以前甚至更早。

　　总之,每当新的化石被发掘,怪兽生活的年代就会向前大大推移。

　　时间越向前推移,便越能有力地证明这怪兽有着极强的生命力,以及惊人的战斗力。

　　但有一个不争的事实:怪兽在地球其他大陆上悄然消亡,唯独在东方大地上生生不息,亘古至今。

曾经，在南美洲，身长三米的骇鸟依靠着钩状的喙不可一世；在大洋洲，哈斯特巨鹰没有任何天敌；在非洲，洞狮的祖先位居食物链的最顶端……最后它们都灭绝了。

猛犸象、剑齿虎曾是怪兽最好的朋友，遗憾的是，它们没能摆脱人类的捕杀，先后整个种群灭亡。

只有怪兽存活下来，在东方的大地上存活下来。怪兽熬过冰河时代，学会和人类共存。

怪兽经历了哪些磨难，我们无从知晓。但是，我们可以依据古籍中关于怪兽的记载，去想象那个无限神秘的时代。

那是一片神奇、广袤、富饶的大地。

天空湛蓝，蓝得均匀，蓝得透明，似乎可以穿过去；云朵洁白，白得耀眼，白得自如，一团一团的，似乎随时都要坠落。

河流是清澈的，是多彩的，穿越连绵起伏的群山，穿越苍苍莽莽的森林，奔腾不止；湖泊星罗棋布，犹如一颗颗宝石，在阳光的照耀下，散发出夺目的光辉。

人类在树木丛生、百草丰茂的林海之中，找到了怪兽的足迹。怪兽会游泳，能轻松越过宽阔的大河；怪兽擅爬树，栖息在百米高的树冠之中。怪兽咆哮之时，百鸟停止了鸣唱，百兽停止了奔跑。

但是,怪兽并不和人类对抗,仅仅是露出锋利的牙齿,挥动强健的臂膀,再撅起肥大的屁股,以显示它们的实力。

人类制作的各种武器,都对怪兽无可奈何。因为任何武器,怪兽拿过去就吃,嚼得津津有味。人类继而发现,尽管怪兽以植物为食,拉的粪便却可以制作兵器。

人类给怪兽取了个名字——食铁兽。

食铁兽不除,人类寝食难安。

那时,五谷与杂草混生,百药和花卉并开,哪些可以食用,哪些可以治病,哪些含有剧毒,难以分辨,加上风雨雷电变幻莫测,人类生存异常艰难。

有位部落首领带着子民翻山越岭,尝遍百草,收集各种可以食用的植物。他的肚子又大又圆,而且是透明的,五脏六腑清晰可见。

当来到食铁兽栖息的丛林时,他已是衣衫褴褛,筋疲力尽,口干舌燥,腹中瘴气翻滚,整个人奄奄一息。

食铁兽踱着步子,慢悠悠地走了出来,不慌不惊。它拔起一株古树,摇了摇,扔向众人。人们大惊失色,旅途劳累让他们无力可战,心想:"这下可完了。"

首领并不惊慌,他望着在空中飞舞的树叶若有所思。那一片片碧绿的叶子,画着优美的弧线,叶尖上的露珠在阳光下闪闪发光。

首领伸出双手,虔诚地接住几片叶子,放入口中慢慢嚼了起来,顿觉神清气爽,腹内瘴气渐消。

他对身边的人说:"此叶能解百毒,可广为种植,此兽身上自有天地玄机,能为子孙后代带来福祉。"

说罢,他扯下一条布带,抛向空中。布带在空中盘旋,继而缠住怪兽,不停地旋转,形成半黑半白的圆球。

此球散发万丈金光,冲上云霄,穿越时空之门。它飞过美索不达米亚平原,吉尔伽美什在河中泡澡;飞过古埃及,胡夫金字塔已现雏形;飞过古希腊,海伦站在特洛伊的城头;飞过美洲,一群玛雅人正在祭祀……

黑白圆球飞呀飞,最终又飞了回来,掉进西部茂密的竹林。

据传,食铁兽从此变得性情温和,与世无争,憨态可掬,只是黑眼圈越发严重,其他动物们不敢接近它们。

白云苍狗,桑田碧海,很多年又过去了,在人们的保护下,食铁兽家族越发兴旺,它们的家园气候温暖、雨水充沛、幽篁邃密。有的食铁兽还被请到宫中,成为皇族宠物,备受尊崇。

猛兽们为了报恩,纷纷戴上绿色的绶带,出访外邦。它们凭借锋利的牙齿、强健的臂膀和肥大的屁股,还有黪黑的眼圈,帮助外邦君主降妖除魔,传播华夏美名。

　　外邦君主为了感谢它们,制作特殊的勋章,挂在绶带上。这些绶带能闪出万道金光,将它们送回家……

　　世界各地的人们都亲切地称呼它们——熊猫大使。

第一章

爸爸变了，我好像也变了

天空死一般的沉寂。一大片软绵绵的云群悬挂在半空中，橙色的光芒从云朵的边缘泄了出来。这并不是太阳的光，阳光是多彩的、温和的，而这橙光像针一样尖。

光芒越来越亮，越来越长，越来越密。突然，一个庞然大物冲破云团，一架架橙色的圆形飞行器从它的体内飞出，密密麻麻，如同饥饿的蝗虫大军一般。若不细看，还以为是橙子在空中翻滚。

警报声大作。"注意，注意，有入侵者！"

一架编号为"3"的战斗机升到空中，一边灵活躲避橙色飞行器的攻击，一边射出五彩之光，摧毁一架架橙色飞

第一章　爸爸变了，我好像也变了

行器。

一架编号为"5"的战斗机也呼啸而来，与"3"号机并肩作战，掩护着"3"号机，射出一道道弧光……

蔚蓝的天空已被交织的光芒遮挡得密不透风，像是上演着一场盛大的烟花嘉年华，又好似百年一见的流星雨坠落。可是人们都无暇欣赏，雷霆滚滚震耳欲聋，只会让人觉得天要崩了，地要裂了。

突然，"3"号战斗机被击中。驾驶员眼疾手快，按下"SOS"按钮，战斗机安稳地降落到地上，里面原来是一头胖乎乎的熊猫。

地面上满是穿着橙色外衣的外星入侵者，他们把这头熊猫团团包围。胖熊猫摇头晃脑，扭扭屁股，入侵者一下子看傻眼了。当他们缓过神来开枪射击时，胖熊猫已使出一招"开天辟地"，一股绿色的冲击波穿透入侵者的身体。瞬间，他们炸开了，变成一片片绿得发亮的叶子。

一个声音从空中传来："不论文明如何发达，战争的幽灵总是存在。但是，总会有英雄出现拯救大家。"

…………

"OK！"奇奇伸了伸懒腰，舒心一笑。这是他最近设计的一款游戏，刚刚和几位网友玩了一把。他喜欢在游戏的世界扮演英雄，拯救世界。试问哪个少年又不想呢？

奇奇选的是"3"号战斗机。为什么总是选"3"号机,奇奇自己也说不清。也许是因为他最喜欢"一生二、二生三、三生万物"这句古话,也许是因为家里茶叶的标识是三片叶子,也许只是一种感觉罢了。

滴——滴,网友头像闪烁。"为什么入侵者的身体爆炸后变成一片片绿叶子?"

"因为绿叶象征和平啊!"

"哦,那一定是橄榄叶。听说很久以前,暴雨和洪水席卷地球,上帝让诺亚提前建造了一艘方舟来拯救万物。雨停了,诺亚放出一只鸽子,当鸽子衔来橄榄枝,诺亚就知道洪水已经退去。"网友发来一段长长的语音。

"你知道的真多,老弟佩服。但不好意思,我设计的是茶树的叶子,因为我喜欢喝茶。"奇奇有点尴尬地笑了笑。

又有一个网友留言:"我特别喜欢你设计的英雄主题,太酷了。大人们总说玩游戏的孩子很暴力,真是的,大人们总有偏见。对了,你在生活中,也是英雄吧!"

奇奇不知如何回答,只好回复了表示"嘻嘻"的表情图。

英雄!怎么才能当英雄呢?这个问题时不时从心底冒出来,奇奇越想使劲按住,越是按不住。它就像一根弹簧,你稍微一松手,它又弹起来。

一阵凉爽的风吹进来,奇奇走到窗边,想借助清风让

第一章 爸爸变了，我好像也变了

自己清静一下。奇峻的群峰、飞泻的瀑布、翻腾的云海……他看着远处怡人的景色，禁不住又想："如今，世界好好的，哪还有机会当英雄啊？"

奇奇环顾四周，自家竹楼普普通通的，简单的墙壁，简单的家具，土黄土黄的，多么单调啊！就像熊猫谷的生活一样。为什么大使世家就能住花花绿绿、造型奇特的石楼呢，还有游泳池、私家花园和成片的竹林？

奇奇回到座位，打开《熊猫大使》宣传片。熊猫大使出访外邦，降妖除魔……这个宣传片，他看了无数次，可是又能怎样呢？他只不过是平民之家的孩子，哪有机会成为熊猫大使？

奇奇又开始浏览新闻。他并不热衷时事，只不过打发时间时看一看，即使是国内外大事，跟自己又有多大关系呢？连熊猫谷的新闻，奇奇也不愿过多理会。奇奇最喜欢的，是他自己的游戏世界。

"两年一度的万国文化节开幕了，今年是有史以来规模最大的一次。万国文化节是熊猫谷最大的盛会，友好国家在此开展经贸洽谈、文化交流……"

"多个动物保护组织发出抗议，要求彻底取消动物园之类的场所，让动物回归属于自己的家园……"

"没劲！"奇奇叹了口气，合上电脑。

这时,爸爸妈妈回来了。爸爸一手提着自家出品的茶叶,一手挽着妈妈。妈妈戴了一顶漂亮的碎花帽,宽松的长裙已掩盖不住日益隆起的肚子。

爸爸把几提茶叶放在餐桌上,看到还没收拾的盘子、碗筷和牛奶杯,皱了皱眉头。

"老爸老妈",奇奇刚开口打招呼,爸爸就带着一丝埋怨的口气说:"还在贪玩?你就不能把家里收拾一下吗?老玩游戏能有什么出息?"

奇奇的笑容顷刻间没了,嘟哝道:"我没贪玩。"

爸爸提高音量说:"我都看到了。你还顶嘴?"

"我是在玩,但没贪玩。难道电脑里只有游戏吗?再说,玩游戏有什么不对?"奇奇也加大音量。

"你……"爸爸摇摇头,欲言又止。

妈妈连忙打圆场,走过来拍了拍奇奇的肩膀:"奇奇,不要这样跟爸爸说话。"

"是他动不动就冤枉我。"奇奇低下头嘀咕。

"好了,都别说啦。万国文化节挺热闹的,赶紧去玩吧。"妈妈和蔼地说。

妈妈从茶几上拿过绶带,套在奇奇身上。这是她亲手制作的绶带,一针一线缝制而成,绶带上还绣有自家茶叶"三片叶"的标识。

第一章 爸爸变了,我好像也变了

"茶叶评奖结果出来了?我们家的茶叶得奖没?"奇奇关心地问道。

妈妈微笑着摇了摇头。

"您骗我的,对不对?"

"没得奖也没关系,一家人平平安安、开开心心就好。"妈妈安慰道。

"就因为咱家茶叶包装上没有'大使世家'的标志?这太不公平了!凭什么大使世家啥好处都占?"奇奇愤愤不平。

"所以你要体谅爸爸,他也郁闷呢。"

奇奇小声说道:"只知道冲着我发脾气,他有本事就当个大使啊!害得您这么辛苦。"是啊,妈妈的毛发不再像以前那样柔软了,眼角也有了细细的纹路。每当奇奇靠在妈妈的怀里时,他就有种说不出来的心疼。

刚在餐椅上坐下的爸爸,立马又站起来了:"你说什么,再说一遍!"爸爸一生气,他的黑眼圈就变大了。

"说就说。我早就想说了,我还想说一百遍,一千遍。你有本事的话,为何自己不当大使呢?"奇奇心里的愤懑爆发了,他不想再压抑自己的情绪。

"有你这样跟爸爸说话的吗?"爸爸气得手足无措,双手颤抖着,"好吧,我没本事。那你有本事,你去当大使。"

"这是你说的。我正想当呢!"奇奇气冲冲地跑出家门。

泪水不争气地夺眶而出，奇奇一遍遍抹掉，泪水又一次次冒出来。是为妈妈的憔悴而哭，还是哭自己的委屈与郁闷，抑或是发泄自己对大使世家的不满？

奇奇也倍感疑惑，不知自己现在是怎么了，前一刻还快快乐乐的，转眼间忧愁就把自己的肚子塞满，前一刻还心平气和，转眼间心里就充满了愤怒，这难道就是成长？

"唉，这孩子，以前挺乖的。怎么现在变成这样了？"爸爸望着奇奇的背影，喃喃地说。

妈妈拉了拉爸爸的手，她的手掌、话语、微笑都充盈着无限的温柔。这温柔与生俱来，这温柔不需要任何雕饰。

"叛逆期，叛逆期。你不能再对孩子唠叨了，奇奇长大了。"

"我像他这么大时也没叛逆啊！"

"奇奇他爸，世界变化太快啦！"妈妈笑了笑说。

"奇奇刚才说什么？他要去当大使？"

"你看你。你都说了'老玩游戏能有什么本事'。"

"你知道的，我只想奇奇当制茶大师，过安安稳稳的日子。大使……大使与我们无缘。"

"奇奇他爸，当什么得由孩子自己选择。一家人平平安安开开心心就好。不久，我们家又有新成员了！"妈妈把头靠在爸爸肩头。

"说的也是。唉!不知怎么,我好像变了,现在容易生气。是年纪大了,血压高了,还是宝宝要出生,我有点紧张?"爸爸也把头偏向妈妈。

"奇奇他爸,不必多想。想多了,心就累。你看你的黑眼圈又大了。"妈妈和爸爸依偎着,彼此脸上写满了平和,也写满了期待。

奇奇以后会有自己喜欢的工作吗?什么时候会遇到他喜欢的女孩呢?有一天他会离开熊猫谷吗?会和他的弟弟或妹妹闹别扭吗?……天底下所有的父母都会这样傻傻地幻想吧!

第二章

现在还有妖魔鬼怪吗

熊猫谷位于中国西部，是全球范围内规模最大、最原生态的大熊猫群居地，尽管居民们使用着各种智能产品。这里地势并不低，只不过四周都是崇山峻岭，从高空俯瞰，熊猫谷像微微倾斜的盆底一样。自然条件和地理环境的得天独厚，造就了熊猫谷独有的美，它被誉为溪之家、药之谷、茶之乡、竹之海、花之城。

十二座高峰挺拔俊秀，分布在熊猫谷外围，形成了一个超级大的椭圆，像十二位威严魁梧的将军守护着家园。每座高峰上都挂着飞瀑，似乎是从天宫垂下的水晶帘，一年四季水流不断，时时刻刻歌颂着熊猫谷的传奇。熊猫谷

第二章 现在还有妖魔鬼怪吗

的中央也有一些小小的山峰，连绵起伏，郁郁葱葱。

十二道溪流像十二条银色的丝带，绕着群峰的脚踝飞舞。不知道它们从何处而来，又要到何处去，只知它们像捉迷藏一般，时而汇聚，时而分开，时而隐藏，时而闪现。

在群峰的环抱里，有一望无际的茶园与竹海。它们都是碧之洋、绿之洲，却又各具韵味：茶园的绿是一行行的，整整齐齐的，仿佛给大山套上一件绿条纹毛衣，竹海的绿是一簇簇的，有点毛茸茸的感觉；茶园的绿很乖巧，安安静静地躺在那里，竹海的绿活泼好动，时不时摇曳；茶园的绿深沉，竹海的绿鲜亮。

熊猫谷四季如春，气候宜人，可三月依旧是一年之中最舒适的时节。告别了冬日的恬静，芳香回来了，缤纷回来了，乐曲回来了。清晨，太阳一蹦出来，就不再留恋星星与月亮的呢喃，它只想赶紧爬到空中，好好领略这世外桃源般醉人的美景。

风尽情地施展着它的魔法。它吹向草地，地面上就钻出数不清的小脑袋，挨挨挤挤的，给熊猫谷铺上一层亮绿的底色。它在林间飞翔，抚摸每一棵树，每一棵树就吐出新叶；抚摸每一只鸟，每一只鸟就婉转鸣唱……

奇奇无暇欣赏美景，这景致他已经看了千遍万遍。他也没有搭乘空中巴士，只是一个劲儿地跑着，燃烧着内心那种道不明说不出的东西。汗水浸透了衣裳，热泪打湿了毛发。他顾不上这些，只是一个劲跑啊跑。

越过一座小山头，奇奇远远看到熊猫谷中央广场彩旗招展，人群摩肩接踵，热闹非凡。这是万国文化节的现场。万国文化节两年一度，持续半个月，是熊猫谷最大的盛会。各个友好国家在此搭建极具特色的展台，有的展示美食，有的演示科技，有的推销物产，有的表演艺术，有的传播文化……俨然欢乐的嘉年华。

奇奇停住脚步，弯下腰喘口气。他没有心情去凑热闹，耳边听到的不是万国文化节现场的欢腾声，而是自己激烈

第二章 现在还有妖魔鬼怪吗

的心跳。

暖暖的阳光照耀着脸庞，风温柔地安抚着烦躁的心，奇奇感到心跳已平缓，体力又恢复了。他望了望前方的一座高峰，再度迈开脚步，继续朝前跑去，那正是药师峰的山巅。

药师峰离生活区最近，远远望去犹如一位背着背篓采药的药师。背篓口是一片平坦之地，功夫学院坐落于此。

功夫学院有一座古香古色的山门，进入山门，便是室外练功场。穿过练功场，是雄伟的上善殿，其实就是室内练功场。再往后走，左右两侧分别是客堂、厢房，也就是长老们的居室和会客厅。

功夫学院有别于读书写字的学校，它是大使世家的孩子们研习功夫的地方。每天放学之后或是节假日，孩子们都在此进行体能训练、练习功夫。这不，万国文化节举办期间，学校放假了，可功夫学院的学员们还得练半天功哩！

功夫学院训练场边竖着一块电子屏，循环播放着熊猫大使的宣传片。可学员们都在逗闹，没有谁留意电子屏：三个一群讲着笑话，笑得前俯后仰；五个一伙你追我赶，逗逗打打；也有的戴着耳机听歌，摇头晃脑哼着曲子……

当——当——当，上课铃声响了，孩子们有的交头接耳，有的还玩着大使绶带。

"刚才你还没猜呢,这一次的熊猫大使新秀是谁?"

"哈哈,反正不是我。"

"成为新秀有啥好处?"

"嘻嘻,可以免费出国旅游啊!"

"我一直没搞懂,为啥训练总在放学之后和假日啊?还说'减负',这明明是增加负担嘛!"

"是啊,真倒霉,万国文化节我们也不能玩,还不如出生在平民之家呢。"

"瞧你们说的啥话。我们来这里不也是玩嘛!"

孩子们都没留意到长老已走出上善殿,正平静地看着大家。长老德高望重、学问高深,穿着白色的长袍,深居简出,长年居住在功夫学院。他是熊猫谷最年长的熊猫之一,也是功夫学院的院长。

长老微微闭上眼睛,等待孩子们安静下来。渐渐地,训练场上鸦雀无声。孩子们屏住呼吸,等待长老教诲。

长老睁开眼,平静地说:"万国文化节昨天开幕,你们还没玩好吧,要不今天再给你们放假一天?"

孩子们你望望我,我望望你,欣喜若狂,又将信将疑。

"红毛"站起来叫道:"真的假的?"红毛是孩子王,他额头上的毛发天生有些泛红,于是有了"红毛"这个诨号。

长老挥了挥手,说:"去吧!去吧!"

第二章　现在还有妖魔鬼怪吗

"长老万岁！长老万岁！"孩子们兴奋不已，欢呼着，一溜烟跑出功夫学院，去搭乘空中巴士。只有妞妞一动不动，盘坐在垫子上，微微侧着头，望着电子屏发呆。

长老缓缓走过来，问："妞妞，你怎么不去呢？"

妞妞满脸疑惑地说："万国文化节到了，又要选熊猫大使新秀。昨夜我又梦到熊猫大使了。熊猫大使真的能降妖除魔吗？"

是的，最近她总是梦到熊猫大使：一只熊猫，不对，是几只熊猫，戴着斗笠，系着红绶带，或举着长剑，或端着冲锋枪，或驾驶激光炮，消灭一个个丑陋邪恶的怪物……

长老反问一句："你不是想成为熊猫大使吗？"

"可是，现在还有妖魔鬼怪吗？爷爷告诉我，打他记事起，熊猫大使降妖除魔就是传说了。他没当大使，我爸也没当大使。现在，没有谁想成为熊猫大使，也没有谁拿到熊猫大使勋章。所以我想知道，是不是没有妖魔鬼怪了，大家也不必当大使，还是现在的熊猫大使不能降妖除魔了？"

"答案需要你自己去寻找。"

长老缓步来到悬崖边，面对群峰若有所思。妞妞问得对，熊猫大使真的能降妖除魔吗？现在的熊猫大使还能降妖除魔吗？

长老双目微闭，气定神闲，两腿屈膝，双臂抱球收脚，

弓步分手。阳光随着长老的一招一式流动,形成了一个太极图案。

妞妞满脸喜悦,跑到长老身后,也练起功夫。

这时,奇奇终于爬上背篓口,跨进山门,正倚着门边的练功架大口喘着粗气。他暗自叫苦:"倒霉,真该坐空中巴士的。"

休息片刻,奇奇叫道:"我要学功夫……当……当熊猫大使!"短短一句话,他的声音由弱到强,说到"熊猫大使"四个字时,他几乎是用尽力气喊出来的。

这一喊,打破了功夫学院的宁静。

"奇奇同学,你说什么,你要当熊猫大使?"妞妞眼神里闪烁出一丝惊喜,不敢相信自己的耳朵。

奇奇和妞妞同一年级,并不同班,平时也没什么交流。在奇奇的眼里,妞妞酷炫热情,是风一般的女生,爱打抱不平,大多时候说话像飞瀑一般又快又猛,校园里处处都有她飞扬的身影;在妞妞的眼里,奇奇跟他的名字一样——有些奇怪,看上去憨厚老实、木讷少言,实际上心里藏着不同寻常的想法。

妞妞望着长老大声说道:"长老,奇奇要当熊猫大使。"

妞妞的话语,让奇奇不知所措。一紧张,奇奇把练功架弄翻了,自己摔了个四脚朝天。

奇奇尴尬不已，小声叹道："噢，老天！"

"不足半月，要想在熊猫大使新秀赛中胜出，简直天方夜谭。"长老一脸严肃，拂袖进屋。

奇奇爬了起来，傻傻地待在原地，手足无措。妞妞也愣住了——长老生气了吗？

第三章

谁说平民孩子不能学功夫

云在游走,风在翱翔,静悄悄的。近处电子屏上的声音清晰可闻,"世界各地的人们都亲切地称呼它们——熊猫大使";远处,瀑布飞流直下的轰轰声隐隐约约。

奇奇想开口,却不知说什么,想转身离去,却挪不动脚。

这时,一位穿着绿色袍子的长老走出大殿。他不像白袍长老那样庄重、伟岸,而是有点驼背,走起路来摇摇晃晃,步伐略显夸张,脸上笑嘻嘻的。

绿袍长老操着四川方言说:"真吵人!既来之,则安之。听说你想学功夫?你有什么擅长的技能吗?"

奇奇不认识绿袍长老,听他发问,愣了一下,小声说:

"我……我会茶百戏。"

绿袍长老惊讶地咧了咧嘴："你这小家伙居然会茶百戏！这样，你表演一下让我见识见识。只要你泡出好茶，我教你功夫速成法。"

奇奇还没反应过来，绿袍长老已立于自己身边，拉着他来到训练场一侧的茶海。茶海由一个巨型树根雕刻而成，像汹涌澎湃的巨浪托起一艘大船，那一排波浪气势如虹，像是要护送大船去远航……

绿袍长老拍了拍奇奇的胳膊，说："想啥呢？小毛孩，莫发呆。来，来，来，开始你的表演。"

茶海上的茶器无一不备。一看到这些装备，奇奇便快速静下心来，刚才眼前的大船远航，瞬间幻化成漫山茶园。他深吸一口气，浓郁的茶香似乎荡气回肠。

茶百戏是中国三大饮茶法之一，也是古代斗茶的主要方式，起源于唐代，在宋代发展至巅峰，几千年来一度失传。熊猫谷能表演茶百戏的寥寥无几，传承这项技艺需要长年累月练习，现在科技如此发达，物质如此丰富，有多少人愿意静下心来学这老祖宗留下的东西呢？

奇奇妈妈喜欢茶百戏，或许是忙于生活，或许是缺乏天赋，她未能成为茶百戏大师。在妈妈的指导下，奇奇从小练习茶百戏，谈不上酷爱，也并不排斥。只是年复一年

地练习,终将学有所成……

绿袍长老又一次拍了拍奇奇的胳膊,催促道:"急煞我也。"

奇奇闭上眼睛,定神,再睁开。他熟练地操作着,不疾不徐:先是取出圆形的茶饼,炙茶、碎茶、碾茶、筛茶,接着煮水候汤、烫盏、取茶粉,再将茶粉与汤水调成膏状,再度注汤、竹筅击拂,使之发泡,泡沫浮面。最为精彩的一刻到了,奇奇灵活地注汤、运匕,须臾,一幅采茶图跃然茶面,栩栩如生。

妞妞睁大双眼,目不转睛,脸上满是羡慕与欣喜之情。奇奇只在上届万国文化节上公开表演过一次茶百戏。那一次,并没有这般流畅,茶面图案也平淡无奇。

妞妞虚心地问:"我也学过,却没学会。这有啥诀窍?"

奇奇摸了摸脑袋说:"嗯,这、这也没啥诀窍。其实,古代的茶百戏有十六道步骤,第一道是焚香静心,就是要让心静下来。只是这里没有香炉,我也没法焚香。然后才是文烹龙团,意思是要用文火烘烤团茶。古代人讲究,茶饼上还有龙凤纹饰,所以叫龙团。茶百戏如果有诀窍,恐怕心静就是诀窍吧。比如,第八道是临泉听涛,就是煮水。古人煮水是靠声音辨别水温,二沸至三沸最为适宜。我还没练到这个境界……"

绿袍长老等不及了,捧起茶盏品尝几口,咂咂嘴,一饮而尽，手舞足蹈，心满意足地仰头唱道："妙！妙！妙！怪不得古人吟诗'辗开鷪玉饼，汤溅白云花。一啜清魂魄，醇醪岂足夸。'"

妞妞愕然，激动地说："长老，您就这样喝了？"

绿袍长老撇了撇嘴，笑道："不然呢？小丫头，是不是怪我没给你留？"

"奇奇同学画得那么美，您这样喝，太……太可惜了！"

"哈！哈！哈！美好的东西嘛，就该这么享受。"绿袍长老呵呵地笑。

"其实，这团茶很一般。我家的团茶是最好的。"

"小子，你莫吹牛，把你家的茶带给我尝尝，"绿袍长老伸长脖子又问，"你喜欢什么运动？耍一耍。看看你到底是不是学功夫的料。"

"运动？"奇奇被绿袍长老问蒙了，挠了挠头，想了想，跳起操来。

只见奇奇屈肘搭肩、原地踏步，接着做了一个采摘的动作，一会儿像在抓什么东西，一会儿又像是端着什么东西摇来摇去……

妞妞饶有兴趣地跟着做，哪知奇奇的动作越来越流畅，手腿配合舞动，如行云流水。妞妞很快就满头大汗了。

绿袍长老喜笑颜开，一连赞了几个"有趣""真有趣"！

跳完之后,妞妞连忙问:"这是什么操?动作看上去有点熟悉,却又想不透。"

奇奇摸了摸头说:"这是我妈自创的体操——茶操,用来减肥的。就是把采茶制茶的过程和体操相结合,一共有十节。"

绿袍长老拍着手掌说:"有前途。从今天起,每晚八时,我教你功夫。我是上夜班的,现在我得去补个回笼觉。记得给我带你说的上等好茶。"

"奇奇可以学功夫了?"妞妞惊讶地问。

"你这丫头,什么都好,唯独话多。你脑子里有十万个为什么呀!学功夫,谁都可以。"绿袍长老不以为然地说。

"嗯,不是说——"妞妞吞吞吐吐的,话只说了半截,她望着奇奇,有点难为情。

"哎呀,你要急死我呀!我就烦啰里啰唆。快说快说,我还得去补回笼觉呢!"

"不是说只有大使世家的孩子才能进功夫学院吗?您看,功夫学院的学员都来自大使世家。"妞妞低声说道。

"这是谁定的破规矩?我活了一大把年纪了都不晓得。不说了,不说了,总之呢,今晚八点,你想来便来。错过今天,我就不管啰!"

"白袍长老说——他说半个月不可能在新秀赛中胜出。"

第三章 谁说平民孩子不能学功夫

奇奇说着说着,放低了声音。

"哎呀,你怎么也婆婆妈妈的。原来你想当熊猫大使啊!老白真是个老古板。谁说半个月不行?再说半个月不行,那就再等两年嘛!你等不等?哈哈哈!"绿袍长老大笑之后,打了个哈欠,走进大殿。

大屏幕上依旧放着熊猫大使的故事,正放到"它们凭借锋利的牙齿、强健的臂膀和肥大的屁股,还有黑眼圈,帮助外邦君主降妖除魔,排忧解难,传播华夏美名"。

"这是啥子宣传片,搞个神乎其神的动画哄小孩吵。"绿袍长老摇了摇头,进屋了。

奇奇自言自语道:"熊猫大使……降妖除魔……这是真的吗?"

"我也问过这个问题。长老说答案需要自己去寻找。你说呢?"妞妞接过话。

"妖魔在外邦?外邦还有妖魔?那只是传说吧。也不知道绿袍长老是不是逗我玩的。我真的可以来这里学功夫了?"

"长老说你可以来,那就可以来。你不是想当英雄吗?"妞妞刚说完,连忙用手捂住嘴巴,仿佛说出什么秘密一样。

"你怎么知道的?是啊,我喜欢拳击赛,喜欢大战外星怪物,打赢了就是英雄。"奇奇微微一笑。

"同学们都说你话最少。其实你的话也蛮多的。"

"我妈总说少说话多做事,老天爷给每个人的话都是一样的量,如果话说多了,就老得快。"

"哈哈,这我还是第一次听说,真特别。看来,我得少说话了。"妞妞又一次捂住自己的嘴巴。

奇奇认真地说:"和知心朋友在一起,我就想说话。或者说,遇到自己感兴趣的事儿,也想说话……"

"朋友?你在学校不是独来独往吗?"

"我有网友呀!还有,梦想能让我说话。今天我和爸爸吵架了,我也不知道自己为什么生气。也许是梦想在寻求一个机会,就像小鸡要敲出一条缝,才好从蛋壳里钻出来。"奇奇自顾自地说着。

提到梦想,心情何其舒畅,奇奇脑海里顿时浮现出一幅画面:他身披黑色的披风,胸前戴着大使勋章,端着激光枪抗击外星入侵者,所向披靡……

"听说你是可塑之才,那我教你一套太极拳法。"耳边突然传来白袍长老郑重的声音。

妞妞拉了拉奇奇的衣角,奇奇从遐想中回过神来,发现白袍长老已在面前。

"长老要教你太极拳法,这是五级学员才能学的!"妞妞激动地说。

"好!好!谢谢长老!"奇奇连忙点头。

第四章

憨同学也有凶猛的瞬间

太阳尽情地播洒万丈光芒，金色的光辉铺满熊猫谷，山峰、草甸、溪流、竹海、茶园纷纷镀上一层浪漫的色彩。

奇奇和妞妞坐在空中巴士上，他们不像刚才在功夫学院时那样滔滔不绝。奇奇心里想着和绿袍长老的约定，想着白袍长老教他的太极拳法。妞妞默默感慨熊猫谷的美丽，也思量奇奇的性情。

万国文化节的热闹欢愉渐渐近了，美食的香味飘过来。妞妞打破了沉默，提醒道："中央广场站到了，不知今天有什么好玩的节目。我们下车吧。"

"我不喜欢凑热闹。其实我也不爱坐空中巴士，走路挺

好的。我妈说总是依赖交通工具，就会变懒。"奇奇坦诚地说。

"没关系。那我去找哥哥他们，你是直接回家？"

"我想到站了走回去。妈妈要生宝宝了，我回去照顾她。"奇奇喃喃地说。

"你想要个弟弟，还是要个妹妹？"妞妞问。

"我有时特别希望有个弟弟妹妹，有时又不太想，真够矛盾的，这也影响了我的情绪。但我更想要个妹妹，不过，如果妹妹像弟弟一样调皮呢？"

妞妞盯着奇奇，眼睛也不眨一下。奇奇摸了摸脑袋，恍然大悟说："不好意思，我不是说你。"

妞妞扑哧一笑。

到站了，奇奇说了声"拜拜"，朝自家方向走去。

奇奇说得没错，走路挺好的，何况是走在熊猫谷的小径上。有的小径悠长蜿蜒，两旁是茂密、高大的白夹竹，这些白夹竹特有礼貌，左右两边面对面站着，微微低头弯腰，像是互相鞠躬行礼，又像是夹道欢迎尊贵的宾客，这样的姿态恰好形成一个长长的管道，走在里面犹如在迷宫里穿梭；有的小径鲜花绽放，两旁生长着数不清的奇花异草，如红艳艳的杜鹃、绚丽的蝴蝶兰、鹅黄的木春菊，还有多种珍稀的中草药植物也不甘示弱开着各色花朵；有的小径傍着溪流，溪流的歌

第四章 憨同学也有凶猛的瞬间

声一刻也不停歇,山溪鲵、湍蛙和各种叫不上名字的鱼儿自由自在地玩耍……

奇奇一扫上午和爸爸闹别扭的阴霾,惦记着晚上八点给绿袍长老带上好茶饼,没意识到功夫学院的孩子们挡住了他的去路。这群孩子在万国文化节现场逛了一圈,吃饱喝足,觉得没啥可玩的,便在山间转来转去找点乐子。

带头的红毛嘲笑道:"这不是咱班的憨同学、大门牙吗?哈哈,你们看看他的大使绶带,几片茶叶。绶带上也要做广告啊!"

小伙伴们跟着起哄。绰号"小胖墩"的同学展示他的

绶带,得意地说:"瞧,我们戴的才是真正的绶带,绣的是大使标识。你们平民家自行缝制的绶带,没资格绣这个标识。"

奇奇这才想起早上妈妈给自己戴上了她亲手缝制的绶带。万国文化节举办期间,孩子们都得戴上绶带,这是从古至今的传统。但是,绶带也分大使世家和平民之家,这也是奇奇不喜欢万国文化节的一大原因。

奇奇连忙取下绶带,说:"请你们让一下。"

红毛向前跨了两步,一把夺走绶带,叫嚷道:"匆匆忙忙去哪儿?让你妈妈多做几条,我们都戴上,给你们家茶叶做广告。哈哈哈!"

这下,伙伴们嘲笑得更厉害了,纷纷喊着"做广告""做广告"。

红毛的恶作剧,奇奇见多了,一点儿也不想理会,便想挤过去。红毛见状推了奇奇一把,奇奇下意识地也推了红毛一把。

红毛挑衅道:"哟,想打架?"其他人跟着起哄:"红毛,打他!""红毛,加油!"

奇奇见状,不由自主地后退两步,屈膝、分腿,摆出太极拳的招式。连他自己都惊讶,为何内心有个声音在说:"怕啥,要打就打,打个痛快。"

第四章　憨同学也有凶猛的瞬间

对于自己的耍威风,红毛从来没遇到这样的回应,他咆哮道:"你居然偷学长老的功夫。打!"

红毛挥出一拳,奇奇侧身躲过,顺势抓住红毛的胳膊,借力一推,红毛一个趔趄,跌倒在地。其他人二话不说,一起围攻奇奇。奇奇的太极功夫刚刚才学,如此阵势根本招架不住,他改用电子游戏中的招数,蹦跳、躲闪、出拳、撞头、绊腿……一群人打来打去,缠作一团。

这个抱住奇奇的左腿,那个抱住奇奇的右腿,红毛则勒住奇奇的腰。奇奇使不上力气,索性用尽全力,挣扎着,摆头,露出锋利的牙齿咬住红毛的手臂。红毛连忙松手,疼得眼泪涌出,疼得哇哇大叫:"你哪是熊猫,简直就是疯狗……"

妞妞从远处跑来,边跑边喊:"别打啦!别打啦!"

妞妞用力拉开两个同学,还把一个同学推倒在地。红毛住手了,奇奇和其他孩子也住手了。

红毛叫道:"他偷学长老的功夫。"

妞妞反驳道:"本来就是长老教的。我也在场。"

"老妹,你在开国际玩笑吧。功夫学院只收大使世家的孩子们啊!"红毛震惊地说道。

妞妞说:"老师早就说了不要提什么大使世家,熊猫谷所有居民都是平等的。"

"老师说说而已嘛！那是安抚。事实不也如此，你看有没有平民家的孩子学功夫？规矩，规矩，懂吗？"

"长老今天都说了，根本就没有这样的明文规定。"

"切——我懒得跟你说。规矩并不是都写在纸上的，有一个词叫约定俗成，亏你还是学霸。"

"那你自己去问长老呗。反正，奇奇开始学功夫了！"妞妞心里不悦，这个哥哥就爱胡搅蛮缠。

"好！你等着，恶狗！我们再找机会一决高下。"红毛气鼓鼓地带着伙伴们离开了。

妞妞真诚地说："对不起！我哥真不像话。我陪你去医院吧。"奇奇没有作声。

妞妞从地上捡起绶带，拍了拍上面的灰尘，递给奇奇。绶带上的花纹是一针一线缝制的，密密麻麻工工整整，尤其是醒目的三片叶子，像刚刚醒来似的，亮绿中透着一股清新，使得叶子上的脉络更加自然逼真。

妞妞微笑着说："妈妈做的绶带，才是最炫的绶带。我挺羡慕你的……"

奇奇没等妞妞把话说完，接过绶带，一声不吭，低着头往家走去。妞妞想叫住奇奇，却不好意思开口，手臂刚举起又垂了下来，只能目送着奇奇的身影渐渐淡去。

奇奇家的竹楼掩映在郁郁葱葱的白夹竹林间，前后都

第四章 憨同学也有凶猛的瞬间

有个小小的院落。所有平民之家都是这样的土黄色竹楼，千百年都是如此，大家都习惯了，就像习惯了平民当不了大使，习惯了熊猫谷平常的生活。

"奇奇，你怎么啦？"

奇奇正悄悄地上楼，被妈妈叫住了。妈妈放下手中的茶叶，左手托着后腰，走了过来。

"怎么浑身都是灰，哎呀，额头上还有伤，都流血啦。奇奇他爸，快点拿药水来。"妈妈轻轻拍打奇奇身上的灰，心疼地看着渗血的伤口。

"奇奇，你这是摔倒了？在哪摔的？"妈妈继续问道。

奇奇默默不语，心里暗自念叨："成为熊猫大使有什么意义呢？大使世家的孩子们都那么讨厌！只有妞妞讲道理，但我跟她不同班，也不熟。算了，这熊猫大使不当也罢。"

妈妈给奇奇处理完伤口，说："你要不要吃点东西？都下午了。"

奇奇摇了摇头，仍然不想说话，准备回到自己房间去玩游戏。

"你妈问你话你都不回答。这是什么态度？没礼貌。一看就是打架了，哪是摔了啊。你不是要去学功夫当大使吗？怎么挨打了？"爸爸一直没有作声，这下好了，心里憋的话一股脑儿冒出来，黑眼圈又变大了。

"奇奇,骂不还口,那些调皮捣蛋的孩子要打你,你就跑。这样就不会吃亏。"妈妈关切地说。

"我是打架了,但不是挨打。还不是怪你们给我戴这个绶带,害得同学们都嘲笑我。"奇奇意识到手里还捏着绶带,狠狠地扔到地上。

"你——你对我发脾气可以,不能对妈妈发脾气。"爸爸严厉地说。

"好啦好啦,我们都不说了。奇奇是轻伤,还好。孩子们打打架也正常,你小时候难道没打过架?来,扶我回座位。"妈妈拉了拉爸爸的手臂。

奇奇回到自己的卧室,打开电脑,玩起游戏。在虚拟世界里,奇奇的头像也是三片叶子。

奇奇玩了一会儿拳击争霸赛,输了,气得重重地按了几下屏幕上的结束键。打算再玩一会儿探险者游戏,可网友银狗的头像是灰色的,尚未在线。

银狗是奇奇的搭档,两人在探险、竞技的游戏中都配合默契,战无不胜。银狗是男生还是女生,是大人还是小孩,是在国内还是国外,奇奇一点儿也不知道,他也从未想过去知道这些。快乐,就够了,不是吗?

"没劲,没劲,真没劲!这日子过得真没意思。"奇奇在内心里呐喊着。

第五章

奇怪的大肥鱼师父，奇怪的句子

夜幕降临，满天的星星像一颗颗宝石，镶嵌在幽蓝的幕布上，而熊猫谷璀璨的灯火犹如一颗颗耀眼的星星，让人分不清哪是银河哪是凡间。

奇奇倚在阁楼的窗边，目光穿过两簇白夹竹间的缝隙，能望到药师峰上功夫学院的灯光。这灯光是星星，照耀着奇奇的心房；这灯光是眼睛，眼睛能说话，追问着"你到底来不来"。

奇奇缓步下楼，看到爸爸妈妈一边细心地包装茶叶，一边谈着话，便停住了脚步。

爸爸叹道："春茶上市，越来越忙，收入却没增加，这

真奇怪。"

妈妈安慰说:"也许大家都一样。"

"要不我们所有的茶都用机器来制作吧?你都要生宝宝了,还要做一部分手工茶,太辛苦了。"

"手工炒茶是我们家祖传的手艺,机器再先进,祖传手艺也不能丢啊!再说,奇奇就喜欢喝我的手工茶,表演茶百戏也得有上等的团茶,还是我们亲自来做为好。"妈妈望着爸爸说道,目光里万般柔情,充盈着对奇奇的爱。

奇奇的眼眶湿润了,嘴唇动了动,想说什么却没说出口,只是悄悄地打开大门,又悄悄地关上。路过空中巴士站,正巧有班巴士停靠,奇奇想也没想,跨了上去,功夫学院的灯光在催促着他,他太想见到绿袍长老了。和绿袍长老在一起,他就有种难以言表的放松,他也不知道这是为什么。

见到奇奇来了,绿袍长老连忙招呼:"坐!坐!坐!我都等你半天了,你怎么才来呢。"

奇奇摸了摸头,指了指手表说:"长老,我们约的是八点,现在是八点差一刻。"

绿袍长老急了,说:"你这小子搞这么认真干啥,我说的是心里的时间,是我感受的时间。到底是钟上的时间准确,还是感受的时间准确呢?你是活在钟上的时间里,还是活在内心的时间里?"

第五章 奇怪的大肥鱼师父，奇怪的句子

奇奇傻傻地笑了笑，心想："这个长老可真逗。"

"你心里是在骂我傻吧！"绿袍长老一边快言快语，一边注水沏茶。

"不，不，不，我没有骂，真的没有。"奇奇连忙摆了摆手。

"骂了也没啥子事。来，来，来，看看我泡的茶如何？"

奇奇品了一口，摇摇头说："一般般！"

"还是我们家的茶最好！""不如你们家的茶好！"奇奇和长老同时脱口而出，又一起哈哈大笑起来。

待到平静下来，奇奇慢吞吞地说："其实，我想学功夫，想成为熊猫大使，不知道是想当英雄，还是想让家里茶叶获奖。还有，还有，我想看看外面的世界。可是，大使世家的孩子们真的好讨厌。如果……他们如果当了熊猫大使，哪会是英雄？"

绿袍长老大笑道："喜欢体操那就做操，喜欢功夫那就练功，喜欢喝茶那就喝茶。来，喝茶！"

绿袍长老举起杯子，示意奇奇喝茶，自己随后一饮而尽。

"你的茶操，不错不错真不错，看似简单，实则耗力。我教你一套吐纳之法，吹响呼吸，吐故纳新。你再试试。"

绿袍长老一边介绍一边给奇奇示范吐纳之法。吐纳的姿势多种多样，盘坐、站桩、半蹲、俯卧、倒立，由易到难，由浅入深，动静结合，以息运气，能强健五脏六腑，直至

与天地万物共呼吸。

奇奇尝试着练了几遍,又跳了一下茶操,顿觉心旷神怡,满脸的兴奋。

奇奇急切地问:"长老,长老,您怎么知道茶操看似简单,实则耗力。还有,这吐纳之法真神奇呀,就算我不参加新秀赛,我能跟你学功夫吗?"

绿袍长老说:"别长老长老地叫,好像我很老似的,叫我大肥鱼好了。学功夫嘛,好说,好说,只要能让我多看几次茶百戏。"

"大肥鱼师父,您这名字也太怪了吧!不过,您这样子,真的像条大肥鱼。"奇奇又进入无拘无束的状态。

"大肥鱼就是大肥鱼,还加个师父,啰里啰唆。你给我带的团茶呢?我要看你是不是吹牛。"绿袍长老眼巴巴地盯着奇奇的口袋。

"当然带了!绝对没吹牛!"奇奇得意地从口袋里掏出一块茶饼,小心翼翼地打开柔软的包装纸。咦?团茶表面是一个太极图案,根据茶叶颜色深浅摆放而成的。这还是奇奇第一次见到家里的团茶有着这样的自然纹饰。

"讲究!讲究!真讲究!不得不服!"绿袍长老啧啧称奇。

奇奇又从另一个口袋里掏出几支檀香和一个小巧的香

第五章 奇怪的大肥鱼师父，奇怪的句子

炉。香炉是金铜色的，肚子上有微微凸起的三片叶子的图案。奇奇点燃檀香，烟雾袅袅升起，像一条又薄又柔的纱带，轻曼地飘舞。

"我晓得，我晓得，这叫焚香静心。好极！好极！"绿袍长老张着鼻孔，一连吸了几口香气。

"说真心话，我并不确定自己能否做好茶百戏，有时成功，有时失败。小时候，我不想让妈妈失望，所以才反复练习。现在我长大了，我不想让自己失望。"

"静心、专注。功夫也罢，学习也罢，茶百戏也罢，都离不开这个要诀。"

"那我再练一遍吐纳之法。"

这次，奇奇以站桩的姿势，以息运气，吐故纳新。

接着，他来到茶具面前，淡定从容地展示着茶百戏，他的心绪随着香雾升腾，仿佛站在高山之巅、瀑布之上，耍着太极拳，主宰云海的流动……不一会儿，一幅高山流水的图案显现在茶面上。

绿袍长老把手伸进长袍内，抓了抓胸前的毛发，说："绝！绝！真绝！可以喝吗？"

奇奇把茶盏放进茶托，单膝跪地，双手举茶，说道："第十六道，持瓯献茶！请大肥鱼师父品茶。"

"这么正式，受不了，受不了。说了叫大肥鱼就叫大肥

鱼嘛。"绿袍长老迫不及待接过茶，慢慢地品尝着，陶醉的表情久久地荡漾在脸上。

"大……大肥鱼，我没吹牛吧！"奇奇试着叫了一声"大肥鱼"。

"这样多好，学功夫就要简单直接，不能拖泥带水。我是大肥鱼，不是大……大肥鱼。"

这是一个无比惬意的夜晚。一老一少跨越年龄与身份的沟壑，眼里没有繁文缛节，平等说话，放声大笑，犹如清风与明月。

要不是奇奇惦记妈妈，恐怕要和绿袍长老玩个通宵达旦。奇奇坐着空中巴士返回，他俯瞰熊猫谷的灯火，灯火照进心田，周身暖暖的，浑身像有使不完的劲儿。

"妈妈，我回来啦，我在院子里再玩一会儿。"奇奇跑到自家竹楼前，对着妈妈的卧室叫道。那充满愉悦的叫喊声，让妈妈倍感意外——这孩子遇到啥事这般开心。妈妈踱步来到窗外，一轮明月悬在半空，星光下这个正在成长的懵懂男孩是她的最爱，即使新宝宝出生也丝毫不会削减这份爱。

奇奇盘腿坐在草垫上，闭目、仰头、逆腹呼吸，又练习了一遍吐纳功法。接着耍起太极拳，目光坚定而专注，拳拳生风。

第五章 奇怪的大肥鱼师父，奇怪的句子

"他打拳的样子，真帅！"妈妈喃喃地说。

爸爸走了过来，搂着妈妈，看着奇奇一招一式有板有眼的样子，思绪飘到远方，想起自己小时候爷爷讲的故事：爷爷的爷爷曾经也是熊猫大使，武功高强，勇猛无敌，可是一场变故后他隐居山林，以种茶为生。那时没有世家和平民之分，谁都可以学功夫……

"孩子他爸，你在想什么呢？奇奇都进屋了。"妈妈侧过身子，看到爸爸的目光中有一道光芒，那是明亮的希望之光。

"谁都可以学功夫，谁都可以当大使。"爸爸似乎在自言自语。

"你还只想奇奇当个制茶大师吗？"妈妈问。

爸爸笑含温存说道："听你的，一家人平平安安开开心心就好！"

第六章

功夫学院来了一位神秘客人

新的一天开始了,真的是新的一天。昨天听到鸟鸣啾啾,奇奇半梦半醒间嫌烦,摸了个抱枕两头一拉紧,捂住耳朵。而今天他再听到这叽叽喳喳的鸟叫,却宛如欣赏悠扬婉转的协奏曲,精神抖擞,忙从床上跳起,拉开窗帘,推开窗子,好让这音乐能听得更清晰。

奇奇取出一套富有弹性的运动装,套在身上,却勒得紧。"唉,肥了!"奇奇照了照镜子,连自个儿都觉得尴尬。只好穿了件宽松的、印有外星怪物的长袖衫。

奇奇动手做了早餐,正吃得狼吞虎咽,爸爸妈妈才刚刚下楼。妈妈打趣道:"你是谁呀?怎么跑到我们家当保

第六章 功夫学院来了一位神秘客人

姆了。"

"妈妈,我得去学功夫了。你们的早餐在锅里啊!"奇奇擦了擦嘴巴,三步两步就跑得无影无踪了。

"你看奇奇多乖啊!昨天你还生气呢!"妈妈带着一丝嗔怪的口吻对爸爸说。

"是啊!这样多好!奇奇在成长,我好像也还在成长。这真是一种奇怪的感觉。"爸爸淡淡地说。

旭日冉冉升起,给熊猫谷披上缕缕霞光,每一道光芒仿佛都说着"早安"!奇奇在小径上跑着,光芒一路追随,渐渐地,由五彩变成金色。

奇奇是第一个到达功夫学院的,白袍长老正打扫着室外训练场。白袍长老只顾着扫地,头也没抬。奇奇也拿起一个扫把,边扫边想:"大肥鱼师父呢?哦,他肯定还在睡觉吧!"

扫着扫着,奇奇发现,这训练场很干净啊,一点儿灰都没有。他想问白袍长老为何还要清扫,可这严肃的气氛让他不敢开口,心里七上八下,不知如何与白袍长老搭话。

"白袍长老和绿袍长老会不会是兄弟呢?如果是兄弟,他们差别也太大了吧!肯定不是兄弟。可是他们长得还是有点像……"奇奇自顾自地想着。

学员们陆陆续续跨进山门,功夫学院也热闹起来。这些孩子们看到奇奇,露出几分惊讶、几分不屑,有的嘀咕:"他还真来学功夫了。"

奇奇摸了摸额头,没想到刚才与长老相处时的寂静竟让自己微微出汗,现在面对其他人的议论,只觉得后背像着了火。

最抓狂的自然是红毛。虽然妞妞斩钉截铁地告诉他,奇奇已成为功夫学院的学员,虽然妞妞还给他打了预防针:"你要是再惹事打架我就报告长老,取消你学员资格。"但红毛还是不敢相信奇奇真的出现在功夫学院训练场上。

"长老,奇奇怎么也来学功夫了?只有大使世家的孩子

第六章 功夫学院来了一位神秘客人

才能学功夫啊!"红毛跑到长老面前,气冲冲地问。

"准备上课吧!"白袍长老的回答简单又有力。

红毛悻悻折回,故意绕到奇奇旁边,恶狠狠地丢了一句:"大门牙、恶狗,咱们走着瞧!哼!""大门牙"和"憨同学"都曾是奇奇的绰号。昨天一架,红毛又给奇奇加了一个"恶狗",用"恶狗"取代了"憨同学"。这是红毛心理微妙的变化:这家伙这么狠,还咬人,一点儿都不憨,简直就是恶狗。

妞妞生怕红毛和奇奇又打起来,连忙挡在红毛面前,说:"昨天你先动手打架,我还没告诉长老呢!"

"有没有搞错!你到底是他的妹妹,还是我的妹妹啊?再说他还咬我呢,这违反了功夫学院的规定。"红毛说完,气呼呼地回到自己的位置。他时不时瞟一眼奇奇,捏着拳头咬牙切齿。

当红毛斜着眼睛去瞟奇奇时,妞妞就睁大眼睛瞪红毛,红毛只得躲开。这个妹妹天不怕地不怕,惹不起。

更让红毛抓狂的是,白袍长老教奇奇太极拳法了。这可是五级学员才能练的,自己一步步练了几个学期才开始练太极拳法的,奇奇凭什么一进门就能学呢,凭他牙齿厉害?白袍长老太偏心了,这是不是有意照顾平民孩子的情绪呢?

红毛练功开了小差,被长老逮个正着,乖乖伸出手,挨了好几下戒尺。

奇奇完全没有理会身边发生的这些事,他在心里默念着口诀,专心致志地练习每一个招式。这是奇奇的本领,只要是他喜欢的事情,很快就能沉浸其中。就连课间休息时,红毛故意撞了一下他的后背,他都置之不理。他独自站在悬崖边,看着星星点点的小花从石头缝里钻出来,看着阳光给溪流蒙上一层银色的布。

妞妞在心里感叹道:"奇奇同学真是奇怪,他怎么能做到对这些都视而不见呢?这样的话,又不好直接问他。"

像万国文化节这样的节假日,功夫学院规定只用上半天课,当然也可以选择留下来继续练习。

妞妞和奇奇留下来,红毛也留了下来,几个小伙伴也跟着留下来。红毛本想说几句笑话,看到奇奇一脸认真的样子,又把笑话咽回去了。大家都不说话,各自想着心思。红毛想:"不能让奇奇的功夫超过我,这家伙看上去憨憨的,却有一股蛮力。"妞妞想:"这奇奇真奇怪,今天话这么少。那天不是很多话吗?奇奇在家里是不是也这样?"奇奇想:"大肥鱼师父为何白天都不出现呢?晚上得好好问他。"

红毛练了一会儿,带着小伙伴先撤退了。这里不能逗逗打打,不能说说笑笑,比挨长老打还要恐怖一百倍。奇奇也先回了,告别前总算开口对妞妞说了一句:"我得回去陪妈妈。"

第六章 功夫学院来了一位神秘客人

和妈妈在一起的时光是最美好的。奇奇的每一句话每一个动作每一个表情,妈妈都微笑着给予回应。奇奇很小的时候就问过妈妈:"妈妈,是不是妈妈都是这样的,都是这样笑着,都笑得这么好看?"妈妈微笑着说:"你说呢,奇奇?""我想是这样的。老师都说了,妈妈是最爱孩子的。"

和大肥鱼师父在一起的时光则是最快乐的。大肥鱼师父总带着奇奇去户外,或来到飞瀑前,或站在溪水中,或爬到树梢上。他们有时模仿鱼,有时学鸟说话,有时像猴子一样攀援。

大肥鱼师父总说,鱼有鱼的功夫,转向、加速、制动……仅仅靠鱼尾与鳍。运动状态下,身体的稳定性、灵活性、协调性,有谁能比得上鱼呢?

而每个夜晚,在星空之下,大肥鱼师父都带着奇奇练习各种吐纳之法,再读些玄之又玄的古文,什么"知其白,守其黑,为天下式",什么"天地与我并生,而万物与我为一"。奇奇弄不明白这些话是什么意思,不停地问,今天问,明天也问,刚碰面时问,分手时也问。

"易有太极,极生两仪,仪生四象,象生八卦。大肥鱼,这句又是什么意思?"这不,奇奇又发问了。

"啥子意思,啥子意思,你自己去悟。再问,你就是十万个为什么。悟出此道,太极拳犹如滔滔江水连绵不绝。"

"这句有点像'一生二,二生三,三生万物'呢!大肥鱼,对不对?"

"要你莫问,要你莫问,你还问!"

"我再问一个问题,您为什么白天睡一整天呢?大白天睡觉有意思吗?"奇奇非得打破砂锅问到底。

"你的白天是我的黑夜。白天、黑夜,不也只是一个词语吗?"大肥鱼师父这么一说,奇奇就不敢再问了,这样的回答让奇奇更弄不懂。

白天,功夫学院的孩子们练功也越来越认真了,尤其是红毛。调皮归调皮,但红毛的智力和功夫并不低,他看到奇奇的拳法日益精湛,实在不敢懈怠,练功时不再三心二意。

有一次上完课,红毛还主动和奇奇说话:"我问你,为什么你练半天功一点儿都不累?有没有什么诀窍,教教我呗!"

奇奇看了红毛一眼,没有理会。

红毛又问:"是不是你们家茶叶有特殊功效?"

奇奇一听到茶叶,以为红毛又讽刺他,两眼冒火,不过刚说了一个"你"字就忍住了。妞妞听到红毛的话,过来拧他的耳朵。红毛委屈地说:"哎哟,疼!疼!我是真心请教他的。"妞妞这才作罢。可奇奇只说了一句:"我先走了,

第六章　功夫学院来了一位神秘客人

我回去陪妈妈。"

其他学员们也不再嘻嘻哈哈了，尤其是红毛的小伙伴，他们也被奇奇练功时的状态打动了。说奇奇装酷也好，说奇奇认真也好，他们打心底里对奇奇有了佩服之情。有个秘密彼此心照不宣——奇奇比红毛更像老大。红毛从伙伴们的眼神中也觉察到变化，他不好意思说出口，只好用练功来宣泄，不管怎样，都要阻止奇奇挑战自己的地位。

从早到晚，奇奇大多数时间都在练功，几乎没空玩游戏了。有时他忙里偷闲，打开电脑，进入游戏界面，可银狗并不在线。奇奇留言："我学功夫了。"再度登录时，他收到银狗的回复："加油，好好练下去，开弓没有回头箭。"

时间是最捉摸不定的东西，当你专注某件事情时，时间慢慢地陪着你，但是，当你再回头一看，不由得慨叹，哦，时间居然跑得那么快。

再过一天，万国文化节就将落下帷幕，熊猫大使新秀赛也将上演。谁会是今年的新秀呢？刚到功夫学院，孩子们议论纷纷。

"冠军肯定是妞妞。""对，对，对，我也看好妞妞。""你们不觉得奇奇很厉害吗？""嘘，小声点，别让红毛听到了。""我还是给红毛投票。""如果红毛和妞妞争夺冠军，那才有意思。""你真是看戏的不怕台高。"……

红毛径直走到奇奇跟前说:"熊猫大使新秀赛,你报名没?你到底参不参加?我都急死了。昨天觉都没睡好。"

奇奇淡然地说:"我说过了,我只想学功夫。"

红毛心里像猫在抓,故意激将说:"你就是怕输嘛!你不报个名,我们怎么比拼呢?平时练习又不好动真格。"

小伙伴们一听红毛和奇奇要比武,立马凑过来起哄:"就是就是,就是怕输。""不报名的话,上次咬红毛那口怎么算?"

妞妞最讨厌别人瞎起哄,挤了进来,铿锵有力地说:"奇奇同学,体验一下新秀赛也不错哦!再说,我已经替你报名了。"

"这……"奇奇有点哭笑不得,他正准备解释,一位高个子来客来到功夫学院。这位来客穿着笔挺的西装,戴着礼帽与墨镜,还有口罩。他旁若无人地穿过练功场,走进上善殿,往里走去。

未经允许,孩子们是不能进入上善殿后面的厢房与客堂的。他们眼巴巴地望着里面,好奇,疑惑,七嘴八舌讨论起来,比麻雀还聒噪。"这是谁呀?""他裹得严严实实的,不过我看得出它是只花豹。""啊?不会吧。爷爷说花豹是大熊猫的天敌。""哎呀,那都是很久很久以前的事情了好不好!现在万物和谐。""我总觉得怪怪的。戴个墨镜,戴个口罩,明明就是来者不善。""不同的地方有不同的风俗,

第六章 功夫学院来了一位神秘客人

也许他们那儿的风俗就是这样呢。万国文化节上稀奇古怪的嘉宾那么多，你又不是没看到。"……

此时，神秘来客正向白袍长老递出一封信。打开一看，原来是世界珍稀物种保护组织的公函。世界珍稀物种保护组织的标识非常容易识别，是一头憨态可掬的大熊猫。全世界的人类与动物都喜欢大熊猫，所以这个组织用大熊猫作标识。

来客接着向长老出示了一张照片，正是奇奇在上一届的万国文化节上表演茶百戏的场景。他说："我们希望他以熊猫大使新秀的身份出使X国，表演茶百戏。"

"X国人对这老古董还感兴趣？奇奇的茶百戏表演还没练到家呢。"

"那你这功夫学院还有谁会表演？"

"这……那只有奇奇。不过，我们熊猫谷已派出了花花，她还没回呢。"

来客说："熊猫广受欢迎。熊猫大使是最好的名片。"

"奇奇能否成为新秀，还得看明天的比赛。就算赢了，还得尊重本人意愿。"长老缓缓地说。

"这是世界珍稀物种保护组织的意见。我想你肯定有办法的。"说完，来客从客堂出来，穿过上善殿、练功场，像来的时候一样旁若无人，直接走出功夫学院。

同学们更加好奇了,望着来客的身影再度议论开来。红毛倒是不以为然,说:"这谁呀?摆啥谱。一点儿礼貌都不讲。"红毛说了一句还不解气,转过头对小伙伴说:"你们有点志气好不好!瞧你们,瞧你们,像看什么奇珍异宝那样望着他,他瞟都不瞟你们一眼。"

红毛嘴巴这么说,内心里却一直瞎琢磨着:"他从哪来的?跟长老到底说了什么?时间越短,话越少,事情可能越大!会不会跟新秀赛有关?早不来,晚不来,选在万国文化节闭幕式上才来,肯定有鬼。"

红毛怂恿几个小伙伴去问长老,长老没有回答,就吐了两个字"练功"。这更让红毛心生疑虑。整个上午,他都无法专心练功。

这天的功课,就在议论与猜测中结束了。

夕阳西下,绚丽的云彩悄悄布满了天空,给远处的山峦蒙上一层淡紫色的薄雾。跟山峦挨着的,是大片玫红与金黄的云彩,它们交织在一块儿,渐渐地融合,变成黄澄澄的纱裙。再往上,是一抹抹鹅黄的晚霞。它们让整个熊猫谷换了颜色。

训练场上只剩下长老与妞妞。长老望着远方的云彩沉思,那目光似乎穿透天际。

"长老,您还在为明天的新秀赛担心吗?"妞妞忍不住问道。

"按说今年你是最有可能成为熊猫大使新秀的……唉，我该怎么说呢？"

妞妞猜到长老有难言之隐，或许与神秘来客有关，说道："没关系！今年不行，还有明年嘛！"

"孩子们来学功夫，是想一起玩耍。即使有的想成为熊猫大使，只不过是想出国玩玩。唉，也怨不得孩子们不上进，外面的世界只是邀请熊猫大使去作作秀而已。"

"我想，有一天，我终会成为真正的熊猫大使。"晚霞映在妞妞的脸上，俊美之中透着飒爽与刚毅。

"我多希望有生之年，看到熊猫大使精神复活并传承下去。你早点回去休息，明天好好比赛，好好展示熊猫谷年轻一代的风采。"长老露出难得的笑容。

第七章

是时候该改变了,不是吗

作为万国文化节的压轴戏,熊猫大使新秀赛万众期待,会场座无虚席。

筛选出的十五位选手在选手席翘首以盼,大多数选手满面春风,眉开眼笑,与其说他们是来参加重要的比赛,倒不如说他们是来观战助威。

红毛的目光时不时落在奇奇身上,他已经意识到这是一个强有力的对手。奇奇看向对面的观众席,一眼就看到之前那个神秘来客,他的打扮太特殊了,想忽略他都不行,尽管他戴着礼帽、墨镜和口罩,也掩盖不住凛若冰霜的神情。他又看见爸爸妈妈坐在第二排,妈妈正和蔼地微笑着,而

第七章　是时候该改变了，不是吗

爸爸看上去比较紧张。奇奇伸长脖子，寻找着绿袍长老的踪影："大肥鱼不是说今天会来的吗？莫非睡过头了？"

白袍长老站上主席台，拿着麦克风宣布比赛规则。今年新秀赛分智力、才艺和功夫三个环节。功夫比赛的顺序根据前两个环节综合排名，由低到高进行，比如第15名和第14名对决，胜者再和第13名竞技。这跟以前发生了变化，往届都是先比功夫。

观众们窃窃私语，议论规则的变化，也猜想着今年的题目。这个变化在选手们当中倒没引起什么波澜，只有红毛不满地说："这规则太不科学了，怎么不先比拼功夫呢？熊猫大使最厉害的不是功夫吗？"不满归不满，红毛也只能说说而已，丝毫起不到什么作用。

第一个环节是智力比赛。赛场中央摆上十五个电子触摸屏，围成一个圆。赛场上空响起了《大熊猫进行曲》，选手们依次入场，站在电子触摸屏前。随着喇叭里传出白袍长老的指令，选手们按下开始键，触摸屏上出现了一个大正方形，六行六列共三十六个小方格，这些小方格又被分为六格，也就是六宫，另有十二个虚线框，每个框里都有个数字，也就是提示数。

哦，原来智力赛的题目是六宫数独大作战——要在空格内填入数字1~6，使得每个数字在每行、每列、每格内都

只出现一次，每个虚线框上的提示数表示该虚线框内所填数字之和，虚线框内数字不能重复。这题目能在10分钟内完成称得上是"达人"，如果能在7分钟内完成就是"高手"了。

红毛沾沾自喜，说道："这题目简直是给我量身定做的，哈哈，玩数独，我打遍天下无敌手，连老妹都不是我对手。我就知道白袍长老是刀子嘴豆腐心，肯定是偏向我的嘛。"红毛左瞧瞧，右看看，可惜大家已经开始答题了，没有谁理会他。

一个个数字从红毛的脑袋里跳出来，他不假思索地填着。写完最后一个数字时，电子屏上出现两个大大的红字"胜利"，下面是完成时间——5分58秒。红毛叫了声"耶"。他得意扬扬地等待着结果宣布，果然，十分钟后，喇叭里传出声音"第一名，红毛"，可他万万没想到，喇叭接着说"并列第一名，奇奇，5分58秒"。"有没有搞错！"红毛咬牙切齿，心里咆哮道。红毛并不知道，对于游戏爱好者奇奇来说，数独也是他最喜欢的数字游戏。

第二个环节是才艺展示。选手们采取抽签的方式来确定出场顺序，表演台旁边的几架摄影机会自动捕捉精彩的画面，投映在赛场四周的几块大屏幕上。

奇奇表演的当然是茶百戏，十多道步骤一气呵成，观众们看得目瞪口呆。评委席、观众席响起热烈的掌声。奇

第七章 是时候该改变了,不是吗

奇回到选手席时,妞妞对他做了一个"V"形手势,其他几位选手也忍不住鼓起掌来。红毛准备把竖起的大拇指倒过来,瞬间又缩了回去,脸也僵硬了,心里对奇奇的茶百戏已是佩服得五体投地。

红毛和奇奇中间紧隔了一位选手。"干吗还隔一个。如果紧接着奇奇,我就不用看他表演了,得去准备道具。不看他表演,也就没啥压力了。"红毛心想。

轮到红毛时,他戴着黑色高礼帽、白色手套出场,深鞠一躬,说道:"现在让我们走进魔幻的殿堂,共同见证奇迹时刻。"有小伙伴喊道:"这一点儿都不像红毛的风格啊!"红毛取下帽子,把手伸进去,抓了几下,尴尬地笑了笑,啥也没有发生。"怎么回事?"红毛暗自叫苦,他把帽子摇了摇,又把头伸进帽子看了看,再把帽子举得高高的,自己仰头瞧了瞧。突然,一只小鸟飞了出来,拉了一团屎落在他那撮红色的毛发上。

观众席上响起一片笑声,有的前仰后翻,有的捧着肚子,有的拿拳头捶着邻座的胳膊,有的把刚喝进嘴的饮料喷出来。评委们也禁不住笑了。

观众的笑姿给了他灵感,红毛快速想到对策:"有了,干脆当小丑呗。"红毛继续做夸张的动作,从帽子里抽出面条,故作惊讶,装出饥饿的模样,贪婪地把面条吃到嘴里,

打了个饱嗝,吐出一朵红花。这次,不少观众边笑出眼泪,边拍手鼓掌。

妞妞是最后一个出场的。她穿着绛色长裙、黑裤黑鞋,手持银光闪闪的长剑,刚出现在观众的视线,看台上便传出啧啧赞叹。凝气、摆头、挥剑、独立、旋转、飞跃……妞妞表演的是剑舞。剑光随着妞妞曼妙的舞姿,在空中画出若隐若现的五彩弧线,大红的剑穗轻舞飞扬,与剑气、乐音浑然一体。剑舞节奏时徐时疾,徐时沉稳利爽、矫健轻捷,疾时行云流水、驭龙飞天……

奇奇看呆了,心里叹道:"原来这就是'剑舞若游电,随风萦且回'。"红毛自豪地跟小胖墩说:"瞧我老妹,多酷啊!老妹深藏不露,总神秘兮兮地说学舞蹈学舞蹈,原来是练剑啊!"

妞妞的剑舞让评委们犯难,才艺环节的第一名是给奇奇的茶百戏,还是妞妞的剑舞呢?评委们你瞧瞧我,我瞧瞧他,比画、争辩,最终妞妞拿下第一,奇奇屈居第二,红毛呢,只排在第六。尽管如此,综合智力、才艺两个环节,奇奇第一、妞妞第二、红毛第五。

一位坐在奇奇爸爸旁边的来宾感叹道:"不可貌相!不可貌相!"

妈妈赶紧侧身问道:"请问您说

这话是什么意思呀,什么叫不可貌相?"

来宾看了看奇奇,又看看眼前这位女士,说道:"那是您的孩子?噢,不好意思。不是不可貌相,是不可估量,不可估量,不可思议,不可思议!"

来宾脸上快速切换着窘迫、惭愧、认真、赞美的表情,弄得妈妈忍俊不禁。

功夫比赛环节开始,白袍长老先宣讲规则,诸如友谊

第一、比赛第二,咬、抓是违规行为之类的。这些规则,选手们已在功夫学院听了一百遍,读了一千遍,耳朵都听出茧了。红毛根本没听,在跟小胖墩打商量:"你居然排在第三,真是胖子会卖萌啊!我待会儿打赢一场,就跟你打。你打不过我的,更打不过我老妹,平时你见我老妹就像老鼠见到猫。这样吧,不如你就送我个人情,让我也好节省体力。我赢了新秀赛,你要什么礼物,我都给你。"小胖墩连忙点头,伸出手掌说:"来!击掌!一言为定!"

凡是参加新秀赛的选手都有奖品。奖品都已到手,名次靠后的选手本来也无意去争当冠军,所以功夫环节大家只是象征性地比画比画,就像平时训练一样,很快就轮到红毛上场。红毛不一样,他对今年新秀赛冠军是志在必得。

这时,天空飘起细雨,太阳不知何时躲进云层。红毛心里嘀咕:"不是说晚霞行千里,怎么下雨了?"红毛抖擞精神,很快赢了一场。轮到小胖墩出场了,红毛使了个眼色,用手做了个摔跤的动作,示意较量摔跤。小胖墩没领会到,一招一式和红毛对打起来。红毛急了,连忙说:"分开,比摔跤。"小胖墩忙后退几步,再跑过来,刚到红毛面前,脚底一滑,扑向了红毛。红毛猝不及防,被动地和小胖墩抱住,像不倒翁那样摇摇晃晃,没有站稳,摔了个四脚朝天,小胖墩随后压在他身上。

第七章　是时候该改变了，不是吗

白袍长老举起小胖墩的头像牌，示意着小胖墩获胜。红毛气急败坏地说："不是三打两胜吗？"他没听到，今年规则改成一场定胜负，刚才白袍长老已经说了。

到小胖墩和妞妞对阵时，妞妞刚一握拳，小胖墩转身就跑，边跑边喊："别拧我耳朵！"，妞妞在后面追着说："这是比武，拧耳朵犯规。"跑了两圈，白袍长老敲响铃声，宣布小胖墩出局，取消比赛资格。逃跑是对功夫精神的侮辱。

这样一来，冠军之战将在妞妞与奇奇之间进行。妞妞是呼声最高的夺冠选手，奇奇是出人意料的黑马。"妞妞，夺冠！""奇奇，第一！""妞妞妞妞，加油加油！""奇奇奇奇，威力无比！"观众分为两大阵营，助威声响彻天空。

当前两个环节奇奇第一、妞妞第二的综合名次公布时，奇奇就开始想："看这样子，恐怕要和妞妞比试了。妈妈说了，好男不跟女斗。妞妞平时对我不错，这名也是她给我报的，本来我也不想比赛……"直到站在赛场中央，奇奇还没想清楚。

妞妞使出的是连环拳，先来一招当头炮，再来一招连环势，简单有力，连绵不断。奇奇开着小差，连连后退，被动应战。"奇奇同学，想什么呢，出招啊！"妞妞小声提醒道。这一说，奇奇脑子更乱，太极拳乱了章法，一点儿也不流畅。妞妞招式的力度也随之减弱，完全没有平时训

练中的狠劲……

红毛见状,急得在一旁大喊:"老妹,打败他!"妞妞使出燕子飞天。"这就对了,撒手锏,扫腿、擒拿……"红毛的话音未落,妞妞滑倒在地。红毛傻眼了,奇奇也傻眼了。

看台上,先是短暂的惊讶,接着是长时间的欢呼。"啊!平民之家出新秀啰!""奇奇,好样的,拿到大使勋章就是英雄!"

怎么就赢了呢?奇奇的耳朵边响彻着轰鸣声,愤愤然走到领奖台,仿佛走进一场梦,白袍长老颁奖时的话语听不见,爸爸妈妈的样子也模糊不清。蒙眬之中,他戴上绶带,眼前有很多相机对着自己拍照,各种各样的脸庞挤在面前,手里的笔无意识地在花花绿绿的本子上写着自己的名字。窒息!除了梦幻,就是窒息。

红毛独自沮丧地望着那一片热闹的场景,默默地擦着泪水,他从来没有这样失落过。在赛场的角落,妞妞却平静地坐在草地上,露出淡淡的笑容。

白袍长老走过来问道:"你为何要谦让呢?这又何必。"

妞妞站起来说:"哥哥的叫声提醒了我。我不喜欢大使世家的那种傲慢。是时候该改变了,不是吗?您说过,懂得哪些是需要改变的,哪些是坚持不变的,就长大了。"

"变与不变,这确实是一种选择!成长的意义,更多在

第七章 是时候该改变了，不是吗

于选择。选择没有好坏之分，只是要勇于承担后果。"白袍长老说完就离去了。

妞妞看到红毛的颓废，拉着他朝家的方向走去。

满天的繁星啊，晶莹的繁星，把恬静的美好洒满了熊猫谷。万国文化节落下帷幕，来自五湖四海的嘉宾陆续踏上归途，中央广场没有了篝火联欢、觥筹交错。恬静之美落在每一个树冠上，落在每一条溪流里，落在每一片草丛中。这种恬静之美是熊猫谷独有的魅力，也是熊猫谷的福气。

奇奇坐在空中巴士上，又一次俯瞰熊猫谷。每一次俯瞰，熊猫谷的景色都不一样。每一次俯瞰，奇奇都是不一样的心境。明天就要去 X 国了，奇奇来和绿袍长老告别。

奇奇轻轻地说："直到刚才看到皎洁的月光，我才清醒过来。我没想到会赢得比赛，更没想到明天就出访 X 国。"

绿袍长老一副无所谓的样子，笑呵呵地说："出乎意料是吧，那不是惊喜吗？"

"可是……"

"想那么多干啥子，反正赢了。来！来！来！再来一次茶百戏。"

奇奇想屏息凝神，可脑子里全是妞妞的笑脸，难以集中精力，茶面始终没有形成图画。绿袍长老挥动袖子，拂过茶面，一个太极图案浮在泡沫之上，好似要飞起来。

绿袍长老说道:"你不是最喜欢'一生二,二生三,三生万物'吗?真正的功夫,在于内心,在于天我合一。"

"您能说明白点吗?"

"没听懂?我告诉你一个秘密,我们熊猫肤色,一黑一白,又是圆圆的,天下间独一无二,这就是……"

奇奇期待地问:"这就是什么?"

"太——极!"绿袍长老摇头晃脑地说。

奇奇眼睛瞪得更圆,嘴巴张得更大,他实在没弄明白这和太极有啥关系,妈妈说过,一黑一白与几百万年的进化有关,是为了保护我们自己。

"白与黑,阴与阳,无与有,动与静,知与行……万事万物运行都是有规律的,太极就是规律。你没听说过吗?太极图案是上天送给地球的礼物。"

绿袍长老的一番解释让奇奇更糊涂了。

"还没听懂?算了,算了,喝茶!"绿袍长老把茶盏推到奇奇面前。

"我突然发现,今天之前,我从未真正想过熊猫大使的传说。现在,有了大使绶带,却忍不住去想。熊猫大使,降妖除魔,可是现在还有妖有魔吗?熊猫大使,盖世英雄,怎么才能成为英雄呢?"

"啰里啰唆。答案在你的身上,在你的内心,需要你自己去寻找。晓不晓得。"

"白袍长老呢？我还没跟他告别呢！"

"每一次告别，都是重逢的开始。那个装酷的白袍子老头，让我转告你一句话：假作真时真亦假，无为有处有还无。是真是假要用心眼去看，别被幻象迷惑。"

"假作真时真亦假，无为有处有还无。这样怪怪的话，不是您说的吗？怎么白袍长老也说这样的话？"

"啰里啰唆。来，来，喝茶！"

这注定是一个难眠的夜晚。

明天，便要离别了。明天，有新的希望。明天，又是新的一天！

第八章

777 越解释，奇奇越糊涂

熊猫谷寂静无声。虫子们叫了半夜，累了，睡熟了，鸟儿们还没有起床，林间只有露珠滴落的声音。东方的天空上挂着一条狭长的乳白色的纱带，似乎想将群峰连在一起，可这不太容易，纱带使尽全力，渐渐涨红了脸。月亮看在眼里，不想这么早离去。几颗星星也还挂在天边，不知是给月亮做伴，还是想等着太阳露出头，抑或是为奇奇送别。

奇奇早早地起床，做好早餐，想快点吃完悄悄溜走。竹笋汉堡包只剩几口了，奇奇放慢咀嚼速度，环视着屋子，家里的空气就像刚刚喝完的牛奶一样温温的、柔柔的，还

第八章 777越解释，奇奇越糊涂

夹着淡淡的清香，那不是竹楼的味道，分明是妈妈的气息。

奇奇走到相片墙前，把全家福的玻璃相框擦了擦，转身拿起水壶给博物架上的花束喷了水，又在软软的红布沙发上坐了坐，把抱枕一个个摆好。还有什么东西要带上吗？昨晚妈妈已经收拾了一箱子物品：衣服、照片、电脑、茶器和团茶等等。

"奇奇，是你起床了吗？"妈妈半夜未眠，刚睡着不久又惊醒了，她推开房门，看到楼下客厅的灯亮着。

奇奇把早餐端上楼，挡在楼梯口，不想让妈妈下楼。"妈妈，昨晚都说好了，别送我啦，我最怕分别。"奇奇说道。

"别说'分别'这样的话。去 X 国好好玩，想家了就回来。"妈妈抚摸着奇奇的头，如往常那样柔美温暖地笑着，眼眶里却添了些许泪光。

奇奇把早餐端进卧室，放在床头柜上。爸爸早已起身，手上拿着妈妈的外套。父子俩对视了十几秒，无声地交流，几乎同时微微一笑。

"妈妈，我走了啊！"奇奇抱了抱妈妈，转身快步下楼，鼻子酸酸的，他担心自己再待一会儿就没法止住眼泪。

奇奇拖着行李箱，背上包，看了一眼门边挂钩上挂着妈妈缝制的绶带。门关上的一刹那，他撅起屁股又推开门，侧身来了一个采茶的姿势，取下绶带。

爸爸把外套披在妈妈身上,一起站在二楼窗边目送奇奇。奇奇跟爸爸妈妈挥了挥手,转身向前方快步跑去。白夹竹摇曳着,也在和朝夕相守的老朋友告别。

妈妈喃喃地说:"奇奇他爸,怎么一夜之间,奇奇就长大了,还要离开我们?我还没准备好呢。"

"成长,才刚刚开始。我想,奇奇的选择是对的。唉,我真不该对他发火。我突然觉得,奇奇一点儿也不叛逆啊!"

"你看你,每次生气之后就懊悔。别自责,奇奇已经长大了。"妈妈笑颜如花,花蕊中滚动着晶莹的泪珠。

欢送仪式在中央广场举行。仪式特别简短,白袍长老代表熊猫谷全体居民向奇奇道别,但他什么话都没说,只整理了一下奇奇的绶带。这是熊猫谷的风格,居民们享受简约与恬静。

直升机在空中盘旋、飞升,从不同的高度俯瞰,熊猫谷有着不同的美。这苍翠幽然的家园好似聚宝盆。绿色是熊猫谷的底色,也是生命的颜色。这是沁人心脾的绿啊,绿到心灵深处。奇奇想到了抹茶冰淇淋,忽又觉得这个比喻不妥。

熊猫谷渐渐隐藏在云雾之中。比熊猫谷还要延绵的峰峦、还要宽阔的河流、还要茂密的森林逐一出现在眼前,奇奇心想:"世界这么大,我以后要带爸爸妈妈出来看看。"

第八章　777越解释，奇奇越糊涂

奇奇打量直升机的内饰、驾驶员，这是他第一次坐直升机，也是第一次外出，好奇心慢慢赶跑了离别的愁绪。奇奇看见后座上坐着到访功夫学院的神秘来客，他取下礼帽和口罩后，奇奇发现原来是只花豹。奇奇冲他笑了笑，花豹默不作声，两眼望着前方，对奇奇视而不见。奇奇只得继续自己的幻想："这次去X国访问，我有机会成为英雄吗？"

过了好一会儿，直升机在一座大型机场停靠，奇奇和花豹换乘一架红白相间的私人飞机。飞机客舱分为上下两层，酒吧、客厅、书房、餐厅和卧室一应俱全。奇奇曾浏览过私人飞机的视频，那时没怎么在意，但当自己登上飞机，立马体会到超酷之感。"怪不得大肥鱼师父说，一切得由自己体验，那远比听到的精彩。"奇奇想。

机器人送来餐点和饮料，奇奇吃完就犯困了。这些日子，白天夜晚都在刻苦练功，奇奇着实累了。他睡了很久很久，一个梦接着一个梦：梦见自己和爸爸妈妈周游世界，游览各种古堡；梦见自己遇到连智能手机中的百科扫一扫也识别不了的怪兽；梦见和银狗一起走进游戏世界，和外星生物决战……

醒来之后，奇奇拉开窗帘，照耀在机翼上的阳光分外刺眼。奇奇喃喃自语："我感觉自己睡了很久很久啊，怎么还是白天呢？"门边一个圆溜溜的机器人开口说："因为时

差。"这机器人圆头圆脑，黑不溜秋，眼睛闪着蓝光。安静的卧室突然冒出声音来，把奇奇吓了一跳。

明媚的阳光下，一个女神像映入眼帘，红色的火炬似乎在熊熊燃烧着，高楼大厦鳞次栉比，仿佛还在生长，马上就要和一团团白云相连。"哇！好梦幻！怪不得大家都想出来旅游呢！"奇奇感慨道。

飞机最终在一个如公园般的停机坪降落。奇奇又换乘轿车来到街心广场，出席熊猫大使新秀欢迎仪式。不同于熊猫谷的恬静，大都市是繁华的、沸腾的：每一辆车、每一块广告、每一位行人的服饰都是不一样的色彩，五光徘徊、十色陆离；这辆车的车头与那辆车的屁股连着，不仔细瞧瞧，还以为它们相撞了；广告牌与广告牌紧挨着，各有各的造型，各有各的颜值，比谁更醒目靓丽；行人与行人互相交谈着，有的步履匆匆，有的悠闲十足；面包、咖啡、香水的味道从店子里飘荡出来，竞相追逐……

奇奇在簇拥下来到欢迎仪式现场中央，他抬头望了望，自己的照片已出现在街头几块巨型屏幕上。现场中央摆放着海报宣传架，其中一张海报上是一位戴着墨镜的年轻人，一张海报上是动物岛的俯瞰图。宣传架旁放着一张木桌，上面摆有一整套中式茶器。

主持人说了一段简短的开场白，便请奇奇展示茶百戏。

奇奇闭上眼睛,脑海立马浮现出女神像,头戴光芒冠冕,右手高擎火炬,她是神圣的、坚强的。"好吧,就她了。不能给熊猫谷丢脸。"奇奇给自己打气。

奇奇神色自若,不疾不徐地表演,焚香静心、文烹龙团、臼碎圆月……人们纷纷举起手机拍摄,这对他们来说,比魔术还魔幻,简直就是世界奇迹。不一会儿,自由女神像在茶面显现了。围观的观众越来越多,掌声、欢呼连成一片,一阵阵眩晕感向奇奇袭来,"糟糕,时差没倒过来,还是不太适应这种喧哗。"

这时,一位穿着西装的人走到演讲台,他是这座城市的最高行政长官——市长。市长神采奕奕地发表演说,引起阵阵掌声。奇奇昏昏沉沉的,只记得市长讲了这样两句话:"动物岛是万物和谐共生、地球生态文明的样板,是所有动物梦想的家园。""熊猫大使新秀赛冠军奇奇是动物岛的新客人,将在线直播茶百戏。"

市长话音一落,观众纷纷围上来和奇奇合影,上百个手机、相机对着奇奇。左边有人挽着,右边有人搂着,奇奇不知该对准哪个镜头,只好始终咧着嘴笑。良久,奇奇才被保安从人群中护送出来,坐上去停机坪的轿车。不远处,奇奇瞥见有一群人拉着横幅,拿着喇叭呐喊着,大概意思是"让动物回归自己的家园",还有的举着动物照片,上面

写着"失踪"……

奇奇坐上直升机,目的地正是动物岛。动物岛处于一个罕见的无风带,只有微风吹拂,不会遭遇暴风雨,更没有海啸。远远望去,岛屿好似一座茂盛的原始森林,屹立在辽阔的蔚蓝海洋之中。飞至岛屿上空,奇峰、湖泊、河流以及各式各样的建筑逐一露出真容。奇奇看见,在动物岛正中央,有一棵参天大树。

直升机缓缓降落在一处广场上,广场前有一座石头拱门,最上端刻着"Garden of God"。奇奇情不自禁地叫道:"噢,老天!"

一个机器人前来迎接奇奇,圆头圆脑、黑不溜秋、眼睛闪着蓝光,胸前还有铭牌"777"。奇奇觉得有点眼熟,想了想,原来私人飞机上有着这样的机器人。

"我是你的助手,我的名字是777。欢迎来到动物岛!你的饮食、起居、工作都将由我来打理。"777字正腔圆,和它的模样有点反差萌,令奇奇忍俊不禁。

"噢,那你不成我的保姆了?我的名字是奇奇。听起来,我们像一家人。"奇奇爽朗地说。

"我们不是一家人。我是你的助手,我的名字是777。"777正儿八经地说完这句,奇奇更想笑了。

777使用手环,带奇奇坐上空中轻轨。如果说熊猫谷

第八章 777越解释，奇奇越糊涂

是世外桃源，那么动物岛就是世外桃源的迷你版、智能版。熊猫谷是原生态的，除了居民们日常使用的电器、电子设备、交通工具是现代化的，其他都保持着自然、古朴。动物岛的景色看起来与天然的无异，实际上这里的一切都是人造的，除了动物居民，它俨然像一个耗费巨资打造的度假乐园：大街上，几乎每个居民身边都跟着机器人助手；屋顶上一块块蓝板闪闪发光，它们能把光能转换为电能；随处可见的大屏幕播放着各个动物明星的才艺；动物们根据生活习性，居住在不同的片区……

出了轻轨站，路过几台自动售货机，琳琅满目的商品让奇奇心动不已。他从兜里掏出几张钞票，寻找投放钞票的入口。777说："在动物岛，通用的是能量币。明天你开始工作之后就有了。"

奇奇只好按捺住购物欲望，跟随777来到自己的住所。在一片茂盛的白夹竹林间，露出一栋土黄色的复式竹楼，竹楼前有个开满鲜花的院落，跟熊猫谷相差无几，仅仅只多了一个门牌号"777"。

推门进去，一股湿润的气息扑面而来，奇奇尽情呼吸，宛如呼吸着熊猫谷的空气。室内各种智能电器应有尽有，还有像警报器一样的专线电话。空调器上显示：温度15℃、湿度80%。

奇奇一屁股坐在沙发上,伸开胳膊:"哇!真舒服!原来还有比熊猫谷更炫的地方。"

777又用它一本正经的语调说:"今天休息,明天开始工作。你的工作任务是直播。根据全球大数据分析,你的设定是卖萌。"

奇奇从沙发上跳起来,有些激动地说:"卖萌?为什么要卖萌?"他曾在一本讲述熊猫历史的书上看到一句话"长久以来,人们认为大熊猫是对其本身存活所

第八章 777越解释，奇奇越糊涂

需各项技能一窍不通的动物，这个物种走向了演化的末路"，所以他一直都有点排斥卖萌。卖萌，那是说大熊猫可爱呢，还是说大熊猫憨头憨脑呢？

"卖萌是大数据根据全球各地人们对大熊猫的喜好所设定的。通过卖萌直播，有助于提升流量。"777解释道。

"卖萌？流量？说真心话，我来X国是想晋级熊猫大使的，是想成为英雄的。"

"动物岛是万物和谐共生、地球生态文明的样板，是所有动物梦想的家园。你能为动物岛带来人气，就是英雄。"

"人气？这样也是英雄？"777越解释，奇奇越糊涂。

奇奇拿出手机，屏幕上没有网络信号。

"你的手机与动物岛网络不匹配。从现在起，由我负责你的对外通信。我知道你想和爸爸妈妈打视频电话。"777按了下手臂上的蓝色按钮，胸前出现一个屏幕，接着又报出奇奇妈妈的手机号码。

"你居然知道我家的电话！"奇奇倍感诧异。

屏幕上的语音"嘟"了几声，视频电话就接通了。

"奇奇？是奇奇吗？是奇奇！长老刚刚告诉我们，你到X国是去动物岛。你到了吧？动物岛好玩吗？时差倒过来没有？对了，大熊猫是不需要倒时差的。"妈妈从来没这么急切地说过话。

"注意……注意安全。"爸爸顿了顿说。这是上次争吵后,爸爸第一次和奇奇说话。

"老爸老妈,你们说话的风格怎么都变了?对了,我有个机器人保姆。我住的地方居然跟我们家一模一样。"奇奇对着777说,"777,你能不能转一转,让我爸妈看看这屋子?"

"我是你的助手,我的名字是777。我不是你的保姆。"777边说边转了个圈。

妈妈问:"777?刚才是机器人在说话?"

"777是机器人的编号,也是名字。它的脑袋圆溜溜的,身体又是方方正正。说话总是这样,一本正经。我已经习惯了。"

爸爸问:"动物岛好玩吗?"

"动物岛好是好。但不都说熊猫大使出使外邦是降妖除魔吗?哪知我的任务是直播茶百戏。不过,让世界各地的人知道茶百戏,倒也不错。"

"嗯,你能这样想,妈妈很欣慰。"

"只是,为什么大熊猫要卖萌呢?"

"卖萌?"爸爸妈妈同时问道。

"怎么说呢?一两句话好像也说不清楚。"奇奇有点无奈地抓了抓头。

"说不清楚那就不说了。"妈妈总是给奇奇安慰。

第八章　777越解释，奇奇越糊涂

777提示道："情绪分析显示，你现在需要休息。"

"情绪分析？"妈妈问。

"我的眼睛可以分析奇奇的情绪、精神状态。现在他需要休息。"777回答说。

"噢，谢谢你！奇奇，那你好好休息！"

奇奇还有很多话要说，可777已说了"再见"，按了按键，信号中止。

奇奇懒洋洋地躺在沙发上，望着天花板发呆。卖萌、人气、流量，这些词在脑海里萦绕着。直播需要人气，有人气就有赞赏，但这跟英雄有什么关系，跟熊猫大使有什么关系？

视频电话挂断后，爸爸妈妈依偎在一起，回忆着往事，憧憬着未来。

"还记得上次万国文化节吗？奇奇第一次表演茶百戏后，我们接了个电话，对方说有家外国企业对奇奇的茶百戏感兴趣，想包装奇奇，我们推了。"妈妈缓缓地说，回忆着当年的情景。

"我们是制茶世家，熊猫谷挺好的，孩子们干吗要出去闯世界？何况，都说娱乐圈不好混。"

"看来奇奇与茶百戏有缘。等人们看腻了，奇奇就可以平安回来了……"

"我其实希望奇奇能成为真正的熊猫大使。"没等妈妈说完,这句话从爸爸的嘴巴里蹦了出来。

妈妈愣了一下,瞬间又笑了。

"奇奇他爸,你说我肚子里的宝宝是男生还是女生呢?"

"男生女生都好!你肯定想要女生吧。奇奇从小都被你当女生养。幸好他还爱玩电子游戏,要不他喜欢的爱好都是女生的。"

"可是,你总批评他玩电子游戏。"

爸爸妈妈对视几秒,扑哧,笑出声来。

第九章

当明星的感觉真棒

动物岛的天亮得比熊猫谷早很多,八点不到,太阳已经明晃晃的了。奇奇是被阳光照醒的,这让他心情十分不好。在熊猫谷,只要不上学,奇奇都是睡到自然醒。好在动物岛的早餐丰盛、讲究:香脆的春笋就不多说了,这是奇奇的最爱,一盘五个春笋,一扫而光;一筒一筒的竹子居然有水竹拌巧克力、墨竹泡牛奶、原味冷箭竹三种;而汉堡里夹的是雷笋干……

奇奇吃得意犹未尽,抹了抹嘴巴说:"是不是早中晚餐都是不同的口味呢?那明天又吃什么?妈妈说了,吃是头等大事。还有啊,妈妈提醒我,少食多餐。"

"食物的等级,是根据流量来决定的。八点半,我们要进行才艺直播。这是你的作息时间表。"777给奇奇递上一张卡片。

奇奇拿过来一瞧,比课表还复杂,起床、洗漱、早餐、直播、休息、直播、运动……"等等。我有个问题,为什么要像上课一样安排呢?我是熊猫大使新秀赛冠军,我应该是被请来表演茶百戏的呀!"

"作息时间的安排,也是根据流量来决定的。你的流量越高,你的自主权越大。"

"八点半开始直播,直播一上午,观众们都还要工作啊!那谁来点赞、打赏呢?"

"你的问题真多。放心,我们都已考虑周全。"

"那好吧。我直播茶百戏,有必要先给大家普及一下茶百戏的知识吧。"

"怎么直播,你自己决定。先试几场看看流量如何。根据流量情况,我们会安排相关培训。"

"唉,我怎么感觉这又是上班又是上学呢?我还以为先玩几天哩!"奇奇伸了个懒腰,打了一个长长的哈欠,望着天花板说。

"直播马上开始,请调整情绪。第一场,我们在院落进行。茶器都已经准备好了。"777做了一个"请"的手势。

"调整情绪,调整情绪,你的脾气倒好。你不生气,不急躁,也懂礼貌,那你懂得什么叫快乐吗?"

"你的问题真多。"

奇奇走出门,看见院落里新添了一个茶海:一条黄龙从海面跃起,它瞪目直视,炯炯有神,仿佛射出万千金光。奇奇立刻来了精神,用手轻轻地抚摸茶海,它是用黄花梨雕刻而成的,独有的清幽温雅之香,仿佛把奇奇带回了熊猫谷的草药园。

"茶百戏源自中国,就跟大熊猫也源自中国一样。它是一种古老的茶道,有着几千年的历史。仅用茶和水就能在茶汤中写字、画画,所以它又叫水丹青。"奇奇开门见山,简要介绍了茶百戏及各种茶器。

奇奇点燃檀香,一边表演一边讲解。他陶醉在茶百戏表演之中,大使啊、英雄啊、流量啊……这些困扰他的东西已消散到九霄云外。

奇奇的精彩演绎被镜头记录着,通过网络传送到世界各地。有的人停下匆匆的脚步,有的人放下满满的啤酒杯,有的人上班时偷偷切换到直播频道,只为观看全球首场茶百戏直播……直播界面上,红心图标不停地闪烁,点赞量急速上升。大熊猫,又一次惊艳天下。

此时此刻,花豹坐在办公室里,监测着直播数据。他

的座位正对着一面屏幕墙,动物岛上每个主播的实时点赞、打赏一目了然。

奇奇上午进行了三场直播,流量居全岛第一。下午该在户外上运动课了,他惊讶地发现,原来自己的住所里还有成片的竹林、偌大的后花园,以及恒温游泳池,他足足在游泳池里泡了一个小时。奇奇想:"我这住的,比红毛他们都强。"

在动物岛的公园、餐厅、影院,大家都在讨论奇奇的来历,有的认为茶百戏是魔法,有的猜想奇奇会不会中国功夫,当然也少不了嫉妒奇奇才华的,"每个新主播到了,不都是这样火?你们敢不敢打赌,不出三天,茶百戏就没啥热度了。"

晚上,奇奇兴奋地告诉妈妈:"妈妈,您知道吗?全球各地都在收看我的茶百戏。太神奇了!怪不得说动物岛是所有动物梦想的家园。"

奇奇还讲了早餐是何其精致丰富,茶海的龙头是多么栩栩如生,室外游泳池的水温竟然是恒定的,房间设施是多么的现代化。妈妈安安静静地听着,任由奇奇滔滔不绝。

不到 24 小时,奇奇表演茶百戏的图片与视频,被世界各地的媒体竞相报道转载。

第二天,奇奇就忙得不可开交了。网友纷纷订制茶百戏,

第九章 当明星的感觉真棒

有的要订制"一束玫瑰",以便向女友求婚;有的要订制"生日快乐",给朋友送祝福……从八点半开始,奇奇一连表演了十场,连喝水、尿尿的时间都没有。

777观看着屏幕,处理与网友的互动信息。他紧急发布拍卖通知,下午只表演三场,出价最高者可享订制服务。尽管如此,直播间还是爆棚了,订制被拍到了天价。

头一天奇奇还看了网友的留言,进行互动,到了第二天,奇奇无暇顾及,连浏览都没工夫了,何况留言大同小异,询问年龄、爱好之类的,有的则莫名其妙,诸如"你是来接替花花的吗""熊猫到底是熊还是猫的亲戚"。

又过了一天,当奇奇起床下楼时,发现家里多了两个机器人。777解释说:"现在没必要每天直播茶百戏了。我们要拍摄广告片。这些机器人都是你的助手。"

"拍广告?像电影明星那样?"奇奇有点不敢相信,毕竟自己相貌平平。

"是的。客户将产品寄到动物岛,我们拍摄制作广告片。请动物明星代言,这是时下最流行的。"

奇奇吃早餐时,有个机器人站在后边给奇奇捶背,一开始,奇奇还觉得别扭,可一盘春笋还没吃完,他已经倍感享受了。"当明星的感觉真棒!"奇奇暗自感慨。

777把一个小皮箱放到餐桌上,一打开,原来是满满一

盒能量币。

"这是昨天挣的?"奇奇忙问。

"流量越多,赞赏越多,代言广告越多,能量币就会越多。"

奇奇拍摄的广告五花八门,从可乐到眼霜,从润肤露到手机,几天的时间,拍了十多个。有的品牌不仅请奇奇做形象代言,还请他直播带货。白天围在自己身边的机器人助理越来越多,这个给他递饮料,那个给他送上餐点;这个帮他梳理头发,那个给他整理服装。奇奇说一句"来杯奶茶,加冰,不加糖",机器人助手马上就买回来。有时出门拍广告片,还得开三辆敞篷跑车才行。不论奇奇走到哪里,都能收到羡慕的目光,只是日程被安排得满满的,他来不及跟其他动物交流。

茶百戏直播改为一天一场。这样既能省出时间去做直播带货,又能让茶百戏直播的点赞量依旧保持热度,物以稀为贵嘛,如果表演的场次太多,也就不那么稀奇了。

有一次,奇奇在直播茶百戏时,看到网友的留言"团茶有什么讲究"。奇奇眉飞色舞地说:"新鲜的茶叶要经蒸青、捣碎、压模、烘干等一系列工艺,才能制成团茶。我不太明白网友说的讲究是什么意思。不过,茶叶啊,还是我家的最好。熊猫谷出品,三片叶的标识哦!"奇奇特意拿出妈妈缝制的绶带，展示上面绣制的"三片叶"标识。

直播完毕，奇奇放松地躺在沙发上闭目养神，想要歇息片刻，一个机器人马上给奇奇按摩头皮。

777走过来说："你违背了直播带货的原则，你只能为指定商品代言。"

奇奇睁开眼睛，惊讶地说："指定商品？我为自己家的茶叶做做广告有什么不对？"

777一字一句地说："你不能擅自为非指定商品代言。三片叶是非指定商品。"

奇奇着急了，坐了起来。

"三片叶是我自家的茶叶。"

777重复刚才的那句话："你不能擅自为非指定商品代言。三片叶是非指定商品。"

"算了，不跟你说了，真是'秀才遇到兵，有理说不清'。"奇奇已经熟知机器人助手的说话风格，他们的脑袋瓜子不会转弯，总是把"原则""规矩"摆在嘴边。

"我不是兵。我是你的助手，我的名字是777。"777解释时，也是慢条斯理。

奇奇不再搭理777，他打开电脑，进入游戏界面。银狗图案还是灰色的。奇奇玩了一会儿，觉得没劲，退出游戏，合上电脑。

空虚、孤独如同浪潮，一阵阵袭来。奇奇想家了。在家多好呀，自由自在，想干吗就干吗。

奇奇说："我要和家里视频通话，好几天没联系了。"

第九章 当明星的感觉真棒

777 回复道:"以你现在的情绪,不宜视频通话。"

奇奇问:"难道高兴才能打电话吗?这样吧,你们把我送回熊猫谷。"

777 说:"动物岛是万物和谐共生、地球生态文明的样板,是所有动物梦想的家园。"

"你听不懂话吗?我是说我要回熊猫谷。我已经给你们贡献那么多的流量了。"

777 又开始了重复模式:"动物岛是万物和谐共生、地球生态文明的样板,是所有动物梦想的家园。"

奇奇想了想,得换个策略跟机器人助手沟通,脸上立即堆满了笑容,友好地问道:"我们是好朋友,对吧?"

"我是你的助手,我的名字是777。"只要一提到彼此的关系,777总是说出这句话。

奇奇彻底泄气了,躺在沙发上,啥事都不想干,包括喝奶茶、吃春笋、游泳。这竹楼、院落,已找不到熊猫谷的气息。

一连几天,奇奇表演茶百戏时都漫不经心,流量刷刷下降,已经掉到中等偏下的水平。奇奇推掉很多工作,也不想出门,就在沙发上躺着,吃了睡,醒了吃。

花豹坐在办公室,看着屏幕墙上的数据,

依然是那副凛若冰霜的样子,没有笑容,没有焦虑。他拿起电话,按了三下"7"。

晚上,777主动帮奇奇拨通了跟家里的视频电话。奇奇默念着"情绪、情绪",一来他不想让妈妈看到自己糟糕的状态,二来他担心说些沮丧的话,777又立马中止信号。

妈妈关切地问:"奇奇,直播很辛苦吧!前天我看了一场你的直播,你看上去无精打采的。"

"嗯,就是有点累!除了直播茶百戏,我还要上课、拍广告、卖货。妈妈,以后'三片叶'的销售就交给我吧,我学了很多推销方法。"

奇奇和妈妈聊了很久。妈妈告诉他,昨天她询问长老,奇奇何时能回熊猫谷。长老说他问了世界珍稀物种保护组织,如果奇奇表现好,也可以获得勋章,成为熊猫大使。

挂了电话,奇奇问777:"为什么给动物岛带来流量也是英雄呢?"

777说:"现在,我不能回答这个问题。睡觉的时间到了。"

夜深了。奇奇故意装睡,待777进入休眠充电状态之后,他蹑手蹑脚地离开住所。

"唉,来了这么久,也没好好逛逛动物岛。走到哪儿都有机器人跟着,真没劲。"奇奇自言自语地说。

奇奇所在的片区是居住区,离商业区还有点距离。他

第九章 当明星的感觉真棒

想乘坐空中轻轨,欣赏动物岛的夜景,却意识到自己没有手环,再看了看轻轨站的直达电梯,已经停止运行了。他只好步行随意溜达。

这时,一个黑影从街角闪过。"这黑影鬼鬼祟祟的,该不会是小偷吧?"奇奇打起精神,悄悄地跟了上去。

黑影身材瘦小,动作灵活。奇奇不太确定,这是狼,还是鬣狗,或是狐狸。

每到一处居住区,黑影都翻看垃圾箱,似乎在找东西,有时还跳进院子。

"抓住小偷,我就是真正的熊猫大使。"奇奇心想。

第十章

你真不像是在草原长大的

路越走越偏僻,路灯愈发暗淡。奇奇屏住呼吸,大气不敢出,既担心被黑影发现,又担心跟丢了。有的路口,还有机器人警察在巡逻。

走过一个又一个街区,奇奇跟踪黑影来到一处木棚前。黑影推开门,拉开灯。借着灯光,奇奇看清黑影的模样:身穿淡黄色的马甲,毛发棕红色、条纹状,一根根头发像针一样竖着,耳朵尖尖的,尾巴长而蓬松。

原来是只土狼。

奇奇跨进门,正欲伸出双手抓住土狼,不料踩到一个圆柱形的零件,脚一滑,身体先往前冲,再朝后仰,一屁

第十章　你真不像是在草原长大的

股坐到土狼身上。

奇奇叫道:"小偷!"

噗——噗——土狼放屁了,超级连环大臭屁。奇奇差点晕了过去,不得不松开手,捏住自己的鼻子,冲到棚子外面。

土狼跟着来到木棚外面,不以为然地说:"你这大明星,跑到我这里来干吗?"

奇奇后退了几步,用手在鼻子边扇个不停,大口大口呼吸新鲜空气。

"你是小偷。放屁的小偷。"

"第一,我不是小偷。第二,放屁属于正当防卫。第三,我劝你少管闲事。"

土狼说了三个简洁有力的句子,转身就进屋了。

奇奇心想:"如果他不是小偷,这事就尴尬了。我得弄清楚了再走。"

奇奇走进木棚,臭气消散了。这屋子太简陋了,右边是一张小床,左边是餐厅和厨房,小床和餐桌之间,摆放着一个机械装置、一只小板凳,地上散落着各种零件。

奇奇的目光在机械装置上停留,那是一个像船舱的东西。

奇奇问:"这是什么东西?你直播这个吗?"

土狼看都没看奇奇一眼,他从兜里拿出几节电池之类的东西,在机械装置上捣鼓起来,一脸不屑地说:"我才不稀罕直播呢!"

"你不直播吗?"

"婆婆妈妈。服了你。"

墙上一幅画吸引了奇奇。他走过去一瞧,画上是三只土狼相拥而笑。

"这是你的爸爸妈妈吗?我家墙上也挂有一张全家福。"

土狼放下手里的零件,走了过去,取下那幅画在卡纸上的画,细细端详,用衣角轻轻地擦拭上面的灰尘。

土狼的思绪飘过动物岛,飘过大西洋,飘回到无比辽阔的非洲大草原。

那里没有突兀的高山和幽深的峡谷,有的是一马平川,宽广无边,不论你往东南西北哪个方向走,似乎都走不到天的尽头。那里的阳光很热烈,把草的香味给晒了出来,风也是热烈的,风吹过,便激起一阵阵的香浪。那里有着神奇的猴面包树,像一把大伞,一把收集雨水而不是拒绝雨水的大伞。斑马、大象、长颈鹿,总是成群结队,悠闲自得,或享受日光浴,或迎着风奔跑。有一天,土狼贪玩,越跑越远,远离了父母,远离了邻居。最后,在黄昏时刻,掉进一个陷阱,昏迷过去。等醒来时,就身处动物岛了……

第十章 你真不像是在草原长大的

土狼轻声诉说,直到画上的爸爸妈妈变模糊了。他擦了擦眼角,把画重新贴到墙上,拿了一罐饮料递给奇奇。

不打不相识。奇奇打开饮料,和这个新朋友坐在屋檐下,边聊边喝。

奇奇同情地说:"你为何不给爸爸妈妈打电话呢?"

"你是纯还是蠢啊?我是被抓来的,你是被请来的。这里和外界联系得由机器人助手安排。搬到棚户区就没机器人助手了,也没网络,不过倒逍遥自在。另外……另外,我从来都没记住爸爸妈妈的号码。"

奇奇疑惑地问:"棚户区?"

"看来你真是纯。在动物岛,如果不直播或者考核不达标,又不听话,就要搬到棚户区,还要没完没了地打杂,能量币少之又少,吃饭都成问题。"

"我还以为你是直播机械装置呢?"

"他们给我的人设是'耍贱',做些恶心、低级趣味的事。这人设真够恶心的。所以,我拒绝直播。"

"我也反对人设。他们给我的人设是'卖萌'。卖萌,不就是说你很傻很天真吗?不过,你做直播了,你的爸爸妈妈就能主动联系你啊。"

"你真是天真。我是被抓来的。如果是我做直播,传出去的画面,也根本不是我的样子。直播滤镜,不知道吗?

还有变声器,连你的声音都可以改变。"

"原来直播有这么多套路,"奇奇扭头指了指机械装置说,"对了,它是干什么用的?"

"我们已经是朋友了吧?"

"当然!"

土狼压低声音说:"我想用来做飞行器。动物岛岸边都是森林,还有隐形的墙体。有了飞行器,我就可以离开动物岛。"

奇奇小声说:"那你翻垃圾箱,难道是为了找材料?"

土狼嬉笑道:"看来你不蠢嘛!"

奇奇笑道:"去你的。"

"其实也不仅仅是找飞行器的材料。我喜欢做手工,总得找个爱好打发时间。"

"可垃圾箱里能有什么像样的东西呢?"

"当然有啊,很多东西,大明星们用了几天就扔了。再说,每个动物来到动物岛之前,动物岛都会给他们打造新住所。住所改造时,就会产生许多可回收垃圾,一般是在天亮之前才拖走,这里面的宝贝可多呢!"

"原来如此!"

彼此有些惺惺相惜了。有朋友的感觉真的挺美妙。谁都害怕孤独。真正的孤独,并不是独处,而是放眼四周,找不到能说话谈心的对象。就像机器人助手，总是那样的腔调，总是那样几句设定好的话。

奇奇感慨道："这动物岛，比熊猫谷发达多了。但不知怎的，心里总有点不爽。"

"发达？别听他们说什么样板、家园？这里只是一个超级大的直播间而已。把你请来，只不过是持续'造星'，赚钱而已。等你人气一过，就会被淘汰，要么换岗，要么送回原地。听说又有动物要被送上岛了。"

"你真不像是在草原长大的。"

土狼脸色突然变了，没好气地说："草原就很落后吗？你也以貌取人？算了，你走吧。我还以为我们能成朋友呢。"

"对不起，对不起，我不是这个意思。我只是说如果我在草原，那么好玩，我肯定是静不下心钻研科技的。"奇奇连忙道歉。

土狼笑了笑说："看在你也反对人设的份上，原谅你吧！"

"我叫奇奇。你呢？"

"我是夜晚出生的，妈妈给我取名叫星星。"

这时，月亮从云层中钻出来，远处模糊的树木都变得清晰，披上一层薄薄的银辉。星星似乎在和月亮一唱一和，光芒更亮了。

奇奇与星星都望向天空，盯着月亮与星星一眨不眨。

深情在眼眶里流淌,那是对爸爸妈妈的思念,对故乡的祝福……

万籁俱寂,已是新的一天凌晨。奇奇感到一阵凉意,准备与星星告别,回去睡觉。

"我来 X 国拿到勋章,就能成为熊猫大使。对了,我给你赚能量币,好买飞行器材料。"

"耶!爽啊!我们是叫'星奇组合',还是'奇星组合'!"

"听起来,都很傻的感觉。"

"反正你也是很傻很天真嘛。哈哈!"

"哈哈!"

第十一章

疯狂的全明星格斗大赛

奇奇是自然醒的，醒来浑身是劲儿，尽管昨晚比平时少睡了几个小时。与星星的相识，让他有了明确的目标：拿到勋章，帮助星星逃离动物岛。

有了目标，就有了动力。星星居住在条件简陋的木棚里，却坚持着爱好与梦想，没有唉声叹气，没有一蹶不振，这是多么可贵的品质啊！再看看自己，一下子兴奋，一下子沮丧，跟星星相比，真是惭愧。

想到这些，奇奇微闭眼睛，感知到的不是黑暗，而是星星周身散发着星光，和满脸真诚的笑。"加油！"奇奇睁开双眼，翻个身下了床，三下两下刷完牙，连毛巾都没打

湿就把脸擦了擦,三两步跑下楼。

奇奇直截了当地说:"我何时能回熊猫谷?噢,这样说吧,我怎样才能晋级为熊猫大使?长老说了,表演茶百戏也可以拿到勋章。你不是也说为动物岛带来人气就是英雄吗?"

777简单地回答:"流量稳居第一。"

"稳居第一,那要多久?"

777重复道:"流量稳居第一。"

奇奇无可奈何,说:"熊猫谷还有村长、长老呢,动物岛总有岛主之类的吧。我要见岛主。我可是被请来的。"

777迟疑了一下,答应了奇奇的请求,拨通视频电话,对方正是挑选奇奇到动物岛的花豹。

"我怎么才能得到熊猫大使勋章,我要创造多少流量?"

"感谢你为动物岛做的贡献,这也是为了全球动物的生生不息。动物岛欢迎每一位客人永久常驻。"虽然又是"感谢"又是"欢迎",但是花豹的语气是冷冰冰的。

"我问的是多少流量?怎么你说话也像机器人一样。"

花豹说出了一个天文数字——100亿点赞量。

奇奇大叫起来,说:"100亿,还是点赞,这……这……1天1个亿,那也得100天,不可能。"

"动物岛是创造奇迹的地方,一切皆有可能。"

第十一章 疯狂的全明星格斗大赛

若是以往，奇奇肯定不干了。这不是忽悠人吗？但是，现在不一样了，奇奇要拿到勋章，还要帮助星星回到他的爸爸妈妈身边。

"好吧！100亿就100亿，一言为定！"

奇奇三下五除二解决早餐，换上一套运动装，开始舒活筋骨。他练习了一遍吐纳之法，一股暖流在体内奔跑，唤醒每一个沉睡的细胞。

奇奇这次要直播的，不是茶百戏，而是茶操。茶百戏只能欣赏，网友们想学并不容易，单说配足茶器和团茶就得花钱，还需要足够的空间放置这些东西，很多东西也不容易买到，更重要的是，得有空闲的时间和心静如水的状态。茶操就不一样了，随时随地都可以跳一跳，不分男女老少。

奇奇一直播茶操，人气立马回升。奇奇把茶操调整为十节，从步入茶园、割草打平、挑水施肥，到采茶拣茶、杀青炒青、摇青揉捻，再到除杂打毛、整形上光、点水流香，最后是敬奉香茗。全球网友再次惊呆了，媒体纷纷称赞奇奇是"宝藏熊猫"。

别小看这茶操，倘若平时不注重运动，跳不到一半就会气喘吁吁。比如说杀青炒青，这是传统制茶工艺中一个重要的环节，将鲜嫩茶叶在锅中高温翻炒，来抑制茶叶氧化，以便让茶叶有型、留香、味醇。跳这一小节体操，要先把

左手五指张开,指关节微微弯曲,呈现抓茶叶的手型,左大臂从左边90度滑动至下前方,右手手型同左手一致,右大臂再从右边90度滑动至下前方,双手交替或同时进行,而双膝呢,还得随音乐原地抖动。

奇奇第一次直播时就告诉大家,茶操可以强身健体,还可以减肥。网友们评论说:"你这么胖,还说茶操减肥。"奇奇难为情地说:"那是你们没看到我跳茶操前的样子。"

网友们一开始不信,哪知跟着跳了跳,便大汗淋漓、腰酸背痛。奇奇发布了茶操直播课的课表,第二天、第三天,收看的粉丝越来越多,就像追剧一样,学了第一节,马上迫不及待要求学习第二节。

火了,茶操太火爆了。中小学把课间操改为茶操,广场舞的舞蹈也摇身变成茶操,就连酒吧里也跳起茶操。采茶服装、帽子之类的茶操装备也流行起来。音乐制作者还创作了好多种版本的茶操背景音乐。这也好理解,因为茶操成了运动时尚的代名词。

每天忙下来,奇奇都是汗流浃背,瘫倒在沙发上。

一周过后,奇奇直呼:"太累了,受不了了。最多的一天,点赞量也才2亿。再说,好多粉丝都把我的直播课重新剪辑了。流量不可能暴涨了。这样下去,非把我累死不可。"

"动物岛是创造奇迹的地方。一切皆有可能。"777又重

第十一章 疯狂的全明星格斗大赛

复了这句话。

"啥时候才能拿到大使勋章啊！你还说和平年代也有英雄呢，这英雄可不好当。"

"你为动物岛带来人气，就是英雄。"

突然，奇奇两眼泛光，一副茅塞顿开的样子，口里不停地念叨："英雄……英雄……"

他站了起来，来来回回走着，边走边说："英雄……英雄……"

突然，他拍了拍自己的大脑门，叫道："有了，为什么不引入竞赛机制呢？动物岛这么多明星，可以举办全明星PK赛啊！"

777接通与花豹的电话。奇奇抑制不住心中的激动，把嗓门又拉高了。

"动物岛这么多明星，可以直播全明星PK赛，唱歌啊，跳舞啊，还有格斗大赛。我出的创意，直播点赞量应该分我一部分吧。"

花豹听完走到一间现代化实验室，和编号为001的机器人交流了几句，然后回到办公室，回答奇奇说："直播格斗大赛。如果你得了冠军，将获得大使勋章。"

如果你不对着屏幕看，你根本无法肯定这话是不是花豹说的，他总是戴着墨镜，脸和语气都像石头雕塑一样冰冷。

"哈哈,我的功夫终于能派上用场,获得格斗大赛那才是英雄,不是吗?那是我的梦想,梦想!"

奇奇那亢奋的劲儿,好像他已获得了格斗大赛冠军。他手舞足蹈,扭着肥大的屁股,能让你马上联想到一个词儿——兴高采烈。

全明星格斗大赛在动物岛的体育馆举行。体育馆是专供动物们室内健身的。为了让现场有热烈的气氛，岛上的动物们可以放下手头的工作，前来观战。

格斗赛的规则很简单，三个回合定胜负。每个回合持续五分钟，比赛中，迫使对手拍地认输是关键。

首场比赛，是老虎泰格对决狮子辛巴。一个是森林之王，一个是草原之王，两王相斗前所未闻。这样的对决，有谁不想看呢？不仅擂台四周的座位爆满了，提前进入线上直播间等待的观众达到了惊人的八位数。八台高清摄像机捕捉着现场观众的表情，两位解说员用子弹般的语速，为格斗赛热身，现场弥漫着战斗的气息。

擂台上空悬挂着两个大屏幕，上面显示着网友的实时留言，"老虎狮子决斗，一出好戏""我赌狮子赢""老虎不发威，你当他是病猫啊"，弹幕一条接着一条，像无数只飞虫布满屏幕，一群飞走了，一群又飞来。

泰格与辛巴出场了，他们的战袍上印着国际知名品牌的标识——这真是品牌营销的好时机。辛巴威风凛凛，无视观众的欢呼。泰格威仪非凡，摆了摆头，便引发现场尖叫。

周围的观众可都是直播明星啊,他们的呐喊,让点赞量指数级增长。

当——比赛开始。

辛巴摆好架势准备进攻了,他上下打量着泰格,仿佛在选择攻击的部位,一招制胜。辛巴威严的眼神令观众胆战心惊。泰格却只顾向后退,一步两步,一直退到边绳处,突然双手交叉护住胸前,一副可怜兮兮的样子。

这是什么情况?是泰格故意迷惑对手吗?

辛巴有点蒙,他跑了两步,双腿一蹬,闪电一般,猛扑过去。说时迟,那时快,泰格转身向右边跳跃,辛巴扑到了边绳上。泰格向辛巴做了个鬼脸,仿佛在说"来呀,再来打我呀"。辛巴紧锁眉头,头顶仿佛冒出一团火,咆哮一声,疾风般发起更猛烈的进攻。泰格左躲右闪,趴倒在地,又快速翻身。辛巴正从上空飞跃而来,泰格抬起脚踹向辛巴的肚子,辛巴又撞到边绳,被弹了回来,正巧和泰格撞在一起。泰格一声"哎哟",做着萌萌的姿势。辛巴顺势压住泰格,但泰格把手伸向辛巴的胳肢窝,挠他痒痒……

观众时而发笑,把满口的饮料都喷了出来;时而紧张,用力扯住邻座的尾巴。奇奇跟着观众一起喝彩,心里无比的得意,这可是自己出的金点子啊!

第二天,全明星格斗大赛第二场。当名叫大宝的考拉

第十一章 疯狂的全明星格斗大赛

和名叫灰灰的大平原狼出场时,弹幕沸腾了,"这是哪跟哪啊""力量悬殊,有啥好对决的""考拉该不会刷新我的认知吧"。

大平原狼灰灰主动进攻,左一拳,右一拳,频频出击,考拉大宝仓皇应战。可是,渐渐地,大宝的气势开始碾压灰灰。大宝咬牙切齿,面目狰狞;灰灰反倒一副温驯的样子,被迫对决。大宝一拳揍到灰灰的鼻梁上,灰灰仰面翻倒在地。大宝接着骑到灰灰身上,接连出拳,要不是机器裁判死死拉住大宝,灰灰估计要被大宝揍开花。

全球各地都在收看直播,大家都被大宝的行为震惊了,总播放量远远超过了茶百戏、茶操。

对动物岛全明星格斗赛,大家众说纷纭。有的评论说,格斗大赛火爆,在于动物们突破了"人设":老虎变得呆萌,狼变得温驯、考拉变得狡猾、金丝猴变得暴躁;有的评论说,这只是一场秀,动物明星故意欺骗观众。

舆论分为了几个阵营,有的为动物岛辩护,有的抨击这种格斗行为,有的保持中立态度。越是这样吵来吵去,格斗赛的播放量越大。

格斗赛直播还被剪成各种搞笑短视频,一次又一次收割流量。

博彩公司顺势推出投注竞猜。老虎第一场表现呆萌,

输了,再次上场却凶猛无比,下一次又显得十分狡猾。说来奇怪,越是不好猜中,投注量越大。

轮到奇奇出场了,这位超级大明星让全球瞩目。

根据赛制安排,奇奇先后与狮子辛巴、猎豹闪电对决。意想不到的是,辛巴变得温驯,丝毫不像草原之王,闪电也变得呆萌,再没有飞一般的身姿。自然而然,奇奇不费吹灰之力获胜。

冠军争夺战最终将在大熊猫奇奇与黑熊阿乔之间展开,这场对决被网友戏称为"熊熊大战"。为了获得流量,冠军争夺战没有限定的回合数,以一方认输为止。各路人马致电动物岛洽谈合作,有想冠名这场"熊熊之战"的,有要找奇奇和阿乔代言的。

决战之前,奇奇想给家里打个电话,让爸爸妈妈收看直播。777却说:"以你现在的情绪,不适合和爸爸妈妈通话。"

当——冠军争夺战开始。

黑熊阿乔高大壮硕,隆起的肌肉硬邦邦的,像石头一般坚硬。这位世界健美冠军,在动物岛直播各种健身技巧,奇奇没有到来时,他是排在首位的"流量王者"。

夺冠,阿乔志在必得。这不仅仅是功夫之战,更是荣誉之战。打败奇奇,能让自己扬眉吐气,重回流量之王的

第十一章 疯狂的全明星格斗大赛

宝座。

阿乔屈膝,双腿猛地一蹬,举起双掌猛扑过来。这是他的绝招"排山倒海"——以迅雷不及掩耳之势将对手扑倒在地,再以拔山扛鼎之力擒其四肢,使对手动弹不得,乖乖认输。这样既可一招制胜,又不损健美冠军威名。

奇奇见过阿乔这个招式,心里有所提防,使出"移步换形",火速躲开。阿乔咆哮一声,再度猛扑。奇奇弓步上前,以太极拳中的朝阳手出击,躲过阿乔双掌。

奇奇心想:"这家伙太壮实了,不可硬拼,只得以柔克刚。"

奇奇碎步蹦跳,灵活躲闪,以守为攻。阿乔求胜心切,哪知几次进攻都扑了空,背部、臀部还挨了奇奇几掌,渐渐地满头大汗。

奇奇把太极拳与茶操招式相融,时急时缓,连绵不断。只见他使出茶操的"除杂打毛",在阿乔后背画了一个圆又一个圆,看上去像按摩一般,逗得现场观众大笑,实则巧用暗力狠狠地按住阿乔,让他直不起腰来。

但阿乔毕竟是正值壮年的黑熊,健硕孔武,哪受得了窝囊气,奇奇的搞笑姿势彻底激怒了他,他朝天接连几声咆哮,顾不得自身形象,毫无章法地乱扑。

俗话说,乱拳打死老师傅。何况奇奇只是初出茅庐的

小子。阿乔的疯狂招式,让奇奇尝到惊恐的滋味。奇奇只能不停躲闪,伺机进攻……

头两个回合,双方都未得分,打成平局。

中场休息时,阿乔拿起一瓶矿泉水咕噜咕噜,一饮而尽。工作人员也给奇奇递了瓶矿泉水,但奇奇接过之后放在一旁,他觉得有点体力不支,便盘腿而坐,练习吐纳之法。

第三个回合开始了,阿乔抱住奇奇,想把他摔倒在地,奇奇也使劲抱住阿乔的腰,两个人打得难解难分。奇奇暗自叫苦:"倒霉,怕是赢不了这场比赛了。唉,同是熊科生,相煎何太急啊!"这时,阿乔的手有点松动。奇奇使出最后的力气,挣扎开来,转身向阿乔挥了一拳。

仅仅是眨眼的工夫,阿乔像变了一个样,没有招架,没有躲闪,只是呆呆地挨了一拳,趴倒在地。这不是狗啃屎,而是"熊啃屎"。阿乔没有再爬起来,耷拉着脑袋,认怂了。奇奇也精疲力尽,一屁股坐在阿乔身边。

观众没有想到冠军争夺战以这样的方式结束,奇奇更没有想到,怎么顷刻间他就转败为胜,这胜利也来得太突然了。他看到大屏幕上自己的照片下面出现"冠军"二字,笑了笑,三分羞涩,三分尴尬。

奇奇赢得动物岛首届格斗大赛冠军。花豹给奇奇颁发了勋章。挂在胸前金光闪闪,这代表着奇奇成了熊猫大使。

第十一章 疯狂的全明星格斗大赛

奇奇向观众们挥手致敬,笑容慢慢地舒展开来。这时,从观众席上飞出一个易拉罐,直接砸向站在领奖台的奇奇。接着,又有鞋子、瓶子砸向奇奇。明星们全然不顾自己的形象。直播信号赶紧掐断。

嘘声、抗议声四起。"黑熊故意认怂!""赔钱!我赌输了!"

奇奇笑容僵硬了,眼神慌张。花豹看了777一眼,777拉着奇奇从后门撤退,匆匆离开体育馆,坐上电动巡逻车,回到住所。

熊猫大使、格斗冠军,竟然这样灰溜溜地逃走。委屈代替了恐慌,塞满了奇奇的心。

奇奇望了望天空,没有找到月亮。"月亮躲进云层,是掩护我逃离,还是不愿看我难过?我已是熊猫大使,明天就可以申请回家了。我明明是冠军了,为啥给我喝倒彩?这分明是嫉妒!熊猫大使就这样溜走吗?"奇奇抓了抓脑袋,思绪万千,比被汗水打湿的头发还难得梳理。

格斗对决,打累了;心乱如麻,想累了。"明天就可以回家了",带着这个美好的愿望,奇奇连澡都没洗,在疲倦中睡着了。

第十二章

也许这就是成长

一艘无比巨大的外星飞船降临在动物岛,不,不是降临,而是把整个动物岛都盖住了。平时没有笑脸的机器人助手,此刻发出瘆人的笑声,和外星怪物拥抱、亲吻。他们要将动物带到外太空。一部分动物傻乎乎地走进飞船,星星也在其中,任凭奇奇大声呼喊,星星不止步、不回头。但大多数动物不愿离开家园,外星怪物就用枪射出一张张大网,企图抓住动物,奇奇率领他们殊死反抗。

危急之际,绿袍长老从天而降,妞妞、红毛来了,爸爸妈妈也来了。他们戴着斗笠,身着披风,系着绶带,挂着勋章,运气行拳,一个个太极形状的能量炮弹从他们的

第十二章 也许这就是成长

双掌中飞出,让外星怪物猝不及防。奇奇也凝神运气,将气流化作太极炮弹。奇奇心花怒放。哪知外星怪物启动飞船,飞船伸出机械手,像夹子一样,把动物岛给夹起来。领头的外星怪物撕开自己的面具,居然是花豹,花豹发出癫狂的笑声……

奇奇揉揉眼睛,拍拍脑袋,确定自己已从又长又惊悚的梦中醒来,回顾梦里的场面,心有余悸。

窗外黑漆漆一片,却已有鸟鸣。"莫非他们和我一样,从梦中惊醒。"奇奇辗转反侧,一会儿把手垫在枕头下,一会儿用毯子捂住耳朵,一会儿摊开双臂趴着,变换各种姿势,怎么也睡不着。

奇奇打开电脑,想玩一会儿游戏,页面弹出关于动物岛全明星格斗大赛的报道,他定睛一看,脸色陡变。

报道与评论都是一边倒的质疑,"格斗大赛违背动物保护原则""奇奇是格斗大赛的幕后黑手""这种以欺骗博取流量的方式太下作"……甚至还有没法入眼的脏话。

还有新闻晒出最近几年的熊猫大使新秀在世界各地吃喝玩乐的照片,批评他们贪图享乐,违背初心。这些照片,奇奇以前见过,并未放在心上,如今一瞧,浑身发热。

奇奇还看到一组短视频,水印上有"海鸟直播"字样,由奇奇的特写照片剪辑而成——锋利的牙齿、强健的臂膀、肥大的屁股和吓人的黑眼圈。"这是什么时候拍的呢？我怎么一点儿也不知道。这是我吗？这确实是我啊！"奇奇边想边瞧，只能确认几张照片的拍摄场景，比如肥大的屁股坐在黑熊阿乔的身上，比如张开锋利的牙齿估计是自己在打哈欠。

再看看网友的留言，奇奇的双手开始颤抖，满身大汗，不想再看却又忍不住看。"原来熊猫这么凶狠，隐藏得太深了，怪不得是冠军。""我们都被欺骗了，大熊猫不再萌萌哒。"……

"我把大熊猫的名声都毁了，怎么办，怎么办！"奇奇焦灼不安，心像被坚硬的东西抓伤了，一阵阵疼。心脏越跳越快，他似乎只听到心跳的声音。

疑惑、恐惧、羞愧、孤寂、无助，每一种情绪好比一根绳索，将身体紧紧缠绕，让人喘不过气。

终于挨到天亮。777停止了休眠。虽然777说话刻板，可现在是奇奇唯一说话的对象。

奇奇焦急地问："怎么会这样！怎么会这样！为什么大家都在批评格斗大赛？还有无数网友骂我。"

"你是格斗大赛冠军。"777的语气一如寻常，分不清这是镇定，还是死板。

"冠军？勋章？那我可以回熊猫谷了吧。"

第十二章 也许这就是成长

"动物岛是创造奇迹的地方,一切皆有可能。"

眼见777无法理解自己,奇奇越说越急:"你好歹也是机器人啊,就不能说人话吗?我想跟家里通话。"

"以你现在的情绪,不适宜视频通话。"

"花豹都说了,我得了冠军,就可以回家。我现在只想回家。我要去找花豹。"奇奇抓着777的胳膊哀求道,只差给777跪下了。

777拨打花豹的视频电话,但没有接通。奇奇倒在沙发上,两眼无神,茫然不知所措。

777备好了早餐,依旧品种丰富,香味四溢。奇奇无动于衷,躺在沙发上一动不动。墙上挂钟的秒针一圈圈转动,每一步都是轻快的,可对奇奇来说,哪怕是每走一小格,都是煎熬。

打开游戏界面,搭档没有上线;催促777联系花豹,仍然不通;刚拿出团茶又放下了,没有心情耍茶百戏。平躺、侧身、起来、开机、关机、踱步、催促、泡茶、坐下、平躺……一天就在重复这些动作中过去了。

一点儿东西都没吃,奇奇不觉得饿。一杯水都没喝,奇奇不觉得渴。恐惧,是多么的奸诈,它能让你忘却饥饿,借此悄无声息地将你击垮。

夜又静了,777又进入休眠状态。奇奇依旧躺在沙发

上,浑身没有力气,即便想起来走几步,也爬不起来。

他回忆这些天来的一幕一幕:与爸爸的争吵,白袍长老示范太极拳,大肥鱼教授吐纳之法,新秀赛上获胜,在动物岛第一次直播茶百戏,和星星一起聊天,海鸟团队发布的短视频……

从学功夫到新秀赛再到来动物岛经历的种种,在眼前不断闪现。一句句话语在耳边响起。

"孩子,所有的努力,都不会白费""去 X 国好好玩,玩够了就回来""假作真时真亦假,无为有处有还无""不放弃!你一定行的""答案在你的身上,在你的内心,需要你自己去寻找"……

奇奇闭上眼睛,听到自己内心的声音。这声音,是倾诉,是困惑,是追问,是委屈。

"英雄,怎样才是英雄呢?这个时代还会有英雄吗?为动物岛创造利润就是英雄?在格斗赛中获胜就是英雄?"

泪水涌出奇奇的眼眶,他实在忍不住了。为什么让自己承受这么多呢?自己其实只是想来外面的世界逛一逛而

第十二章 也许这就是成长

已,当英雄只不过是偶尔的胡思乱想而已。

奇奇取下勋章,往后一抛,勋章飞出窗外。

咚——咚——咚——咚——咚——咚——

奇奇疑心自己听错了。没错,是敲门声。

开门一看,是星星来了。奇奇紧紧地抱住星星,泪水又一次涌了出来。

奇奇身边有777。777是个合格的仆人,当你对它没有指令时,它就老老实实地在一旁待着,永远不会多嘴,不

会唠叨。但777不是朋友,它能捕捉你的情绪,却不明白你内心深处的感情。奇奇需要的是知心朋友。

"咳——咳,"待奇奇松开双臂,星星忙说,"你勒住我脖子了,这就是传说中的熊抱吗?我就知道你没睡。抱歉,这几天……他们交给我的活太多了,加班、加班、加班,比996还夸张。我都没法去体育馆给你助威。"

"不知怎么弄成这样了。我只想获得100亿点赞,我只想得冠军,只想当英雄,只想拿到大使勋章,可是……"奇奇说不下去了,他担心自己再说,泪水又像泉水一样冒出来。

星星说:"我干活时,听到大家对格斗大赛的议论。听说参赛者自身也感到奇怪,有时仿佛控制不了自己。"

"我也感到奇怪,参赛者的性情变来变去。但我管不了那么多,只想赢得冠军,这样我就可以回熊猫谷了。唉!像做了一场梦。"

"奇怪归奇怪,但你确实是冠军。你对决黑熊那场,太精彩了,我看了直播。"星星无法完全体会好朋友的心情,他更多的是为朋友感到自豪。

"还有更奇怪的。网上那么多人骂我,但是,我心里好像有颗种子破土而出,拼命向上生长。"

"也许这就是成长。"星星不再嬉皮笑脸,而是认真地

第十二章 也许这就是成长

说着。成长,星星无数次在心里默念这个词。是的,妈妈跟他说过,好男儿志在四方,总有一天,他会离开妈妈的。但没想到这一天来得这么早,又是以这样的方式。自从与爸爸妈妈离别,他忍受了孤独、惶恐、鄙视,还有饥饿。

星星的话语与沉思,让奇奇的心渐渐平静。

"是啊。长老说得对,真正的英雄在于内心强大。赢得格斗大赛,并不是英雄。"

"妈妈说,想多了,心就累。反正你马上可以回家了。"星星深情地望着好朋友说道。

"以前,只要爸爸稍微对我不满意,我就想着离开熊猫谷,现在觉得还是家里好。明天我一定要找到花豹,再联系上市长,送你回大草原。"奇奇说完,取下大使绶带。

大使绶带,他每天都戴在身上,而在熊猫谷,只有万国文化节或盛大活动时,他才佩戴绶带。他也不明白为何自己每天戴着,或许是表明自己的身份,或许这是对熊猫谷的思念,或许是对熊猫大使的向往。

奇奇微笑着说:"送给你。"

星星身体后倾,摆了摆手:"那怎么行?"

奇奇打开背包,取出一条绶带,绶带上绣着三片叶。

"我还有条绶带,是妈妈缝制的。你喜欢的话,我把这条送给你。"

听到"妈妈"这个称呼,星星两眼泛光。帮助他成长的,正是妈妈。虽然妈妈不在身边,但妈妈的笑脸时常浮现在脑海里,陪伴着他,给他力量与勇气。

星星激动地叫道:"噢,太珍贵了!谢谢!"

奇奇把绶带套在星星身上,整理平整,又细心地给他调整松紧。

星星感慨道:"有朋友真好。我只有你一个朋友。"

奇奇点了一下头,说:"我也是。"

几秒之后,奇奇突然叫道:"噢!我还有个朋友。"

星星忙问:"还有个朋友?在哪儿?"

"网上!"

第十三章

一波未平，一波又起

奇奇说的朋友是银狗。他对银狗一无所知，只知这是自己最好的搭档。自从学功夫以后，他和银狗再没一起玩过游戏。这段时日，他经历了从未有过的忙碌，玩游戏的次数本身就不多，和银狗也没同时在线过。

奇奇曾想："想必银狗和我一样忙碌吧。是不是越长大，我们就越忙碌呢？"

对于这个疑问，奇奇不确定答案是什么，该肯定还是否定。他能确定的是，朋友是成长道路上不可或缺的。真正的朋友，不会在乎你长得是否好看，不会在乎你成绩的好坏，不会在乎你家里是否富有。真正的朋友，不会在你

的伤口上撒盐,不会在你颓废时给你打击,不会在你得意时让你忘乎所以。真正的朋友,不管你身处何地都会给你力量,不管多少天没有联系依旧那么热情。

奇奇有一些网友,讨论游戏时都挺开心的,但在他的心里,银狗是唯一的好朋友,直到遇到星星,好朋友的数量才变成了"2"。当然如果把大肥鱼师父算上,那就是三个真正的好朋友。

星星吃惊地看着奇奇,看他一脸如梦初醒的样子,急匆匆地打开电脑,瞪大眼睛盯着游戏界面。

银狗的头像是灰色的,但留言条不停地闪烁——一把铲子、两朵花。

星星眨巴眨巴眼睛,更是丈二和尚摸不着头脑,问道:"一把铲子、两朵花,这是什么意思?"

"别急!等等!"

奇奇进入动物岛网站的直播平台,找到自己最早的直播视频,说:"幸好还在!"

星星看一看奇奇的神情,又看一看留言,再看一看奇奇的神情,心想:"奇奇到底发现了什么?这么严肃,好像还很紧张。"

奇奇眼睛都不眨一下,神情专注地浏览一条条留言,突然,他的手指停止滑动。星星看过去,那条留言是——

第十三章　一波未平，一波又起

你是来接替花花的吗？

接着，奇奇返回动物岛网站主页面，在各个频道里寻找什么。

星星更加糊涂了，问道："花花？花花是谁？"

奇奇忙活一阵，一无所获，叹了口气。

星星重复问道："花花？花花是谁？"

"女神！我们的女神！"

奇奇的脑海里浮现出花花风姿绰约的样子：穿着一身浅绿长裙，腰间挂着蓝色的玉佩，站在山巅吹着长笛，笛声悠扬，裙摆飘飘，宛如仙女。

他一边静静回忆，一边娓娓道来："花花是我们的偶像。她不论对谁都是浅浅一笑，就像一位快乐仙子。她能歌善舞，能演奏多种乐器。她吹笛子可好听呢！那是支紫铜长笛。她是熊猫谷音乐舞蹈协会会长，可她不让我们叫她会长，让我们叫她师姐。她常来学校给我们讲解古诗，教我们唱歌、演奏乐器。后来，听说熊猫谷响应什么号召，让花花周游世界，宣传……宣传什么自然和谐。好像跟777说的那句动物岛口号差不多，叫什么来着，对，万物和谐共生。那就是说，花花来过动物岛啊！不是说动物岛聚集了全球明星动物吗？对了，你见过花花吗？"

听奇奇这么一说，星星"哦"了一声，好像想起来什么。

"我没见到,但听说过。就是在你刚来的时候,我还听到了议论,说动物岛多了一头大熊猫。还说她不再做直播太可惜了……"

奇奇的黑眼圈又连在一起,激动万分,打断星星的话。

"你说什么,不做直播太可惜了?那意思是她做过直播。可我刚才浏览了所有明星动物直播页面,没有见到花花啊!"

"我还没说完呢。听说她曾经是流量明星,后来跟我一样不愿做直播。但她毕竟是大熊猫啊。她不可能像我一样被发配到棚户区。听说她是形体训练营的教练。你……"

奇奇在电脑上搜索几下,再次打断星星的话:"流量明星,那应该有直播记录啊!我发现一件怪事儿,你看,格斗大赛的视频,还有新闻报道都没有了。"

"这没有什么大惊小怪的。网络上的东西删起来很简单。你还没告诉我,一把铲子、两朵花,是什么意思呢?"

"铲子代表着挖宝,是我们的暗语'寻找',两朵花,我猜是'花花'。奇怪,银狗给我发这个信息干吗呢?难道他是花花的好朋友?"

"哎呀,你越说,我越糊涂,"星星拍了拍自己的脑袋说,"朋友,什么朋友?网上吗?"

"不好意思,我忘告诉你了。我有一个好朋友,那是我玩游戏的搭档。我没见过他,不知道他是男是女,年龄多大。

第十三章　一波未平，一波又起

我从来也没想过这些。如果我要猜的话，年龄应该比我大，因为他总是鼓励我。对！他说话的口气跟花花师姐有点像。那他也一定是女生。说不定，他是花花的好朋友呢？可是，为什么要我寻找花花呢？"

"很简单，明早去问问不就知道了？我知道形体训练营在哪儿。"

虽然多了一个大大的谜团，但奇奇心里好受多了，白天的恐惧、孤独都消失不见了。如果找到花花师姐，那他又多了一个熟人，想到这，再想到善良真诚的星星，奇奇禁不住搂住这位好朋友。

星星连忙躲开，说道："别……别，我怕你的熊抱了。再说太腻乎了。"

奇奇粲然一笑，说："星星，要不你今天就在这里睡？太晚了！"

"别……别，我还是回我的棚子去。要是被机器人警察发现我擅自乱跑，那就糟了。飞行器马上就大功告成了，我可不想惹出麻烦。"

"好吧！你回去的路上一定小心。差点忘了，我还有好多能量币，你都拿去，添置最好的装备。"

"当明星就是好，能量币多得花不完。明天见！"

望着星星的身影，奇奇心里怪热乎的。结交了星星这

样的朋友,是这次出门最大的收获,这比成为熊猫大使更值得庆贺。

奇奇倒在床上,很快就睡着了,就像在妈妈的臂弯里一样,睡得特别舒服。他做了一个甜美的梦:他和星星在熊猫谷奔跑,穿过花香弥漫的小径,穿过高大茂密的竹林,他们奔跑过的地方,花朵绽放了,嫩绿的叶子舒展开来,朝着他们微笑致意,跑呀跑,不经意间,熊猫谷的草甸变成了非洲大草原,迎面吹来温暖的风,他们在一片猴面包树下你追我赶,笑声飞入云霄……

醒来时,窗外满是亮闪闪的阳光。奇奇伸了个懒腰,转了转脖子,感觉自己睡了几天几夜一样,摸了摸肚皮,跳下床。

奇奇来不及洗脸刷牙,飞速下楼把几盘早餐一扫而光。他想到妈妈常常叮嘱的一句话——吃好睡好是天大的事情,这简直是真理。

777呆呆地站在一旁。奇奇忽然觉得这样子很滑稽,班上调皮的同学被老师罚站,就是这样的站姿。

当前比回熊猫谷更重要的事情是先找到花花师姐。奇奇故意问道:"你问了花豹吗,我今天可以去见市长了吧?你们打算何时送我回熊猫谷?"

777回答:"为了平息舆论,我们暂时送你到棚户区。"

第十三章　一波未平，一波又起

这个答案是始料不及的，奇奇原以为777又会说"动物岛是创造奇迹的地方。一切皆有可能"或者来一句"以你现在的状态，不适合与市长见面"。

"什么？去棚户区？"奇奇急躁地反问，但马上冷静下来。去了棚户区，就可以和星星在一起了，那样更好去寻找花花师姐。

777又说了一遍："为了平息舆论，我们暂时送你到棚户区。"

"好了好了，我知道了，你不需要说第三遍了。你会跟我去棚户区吗？"

奇奇有点不甘心，他希望把777也当成朋友，连忙补充一句："我们是朋友，对吧？"

"我是你的助手，我的名字是777。我不会跟你去棚户区，但我会迎接你回来。"

奇奇耸耸肩，刚想开口说"你知道"三个字又打住了，因为脑子里冒出一个词"打草惊蛇"。如果向777询问花花的消息，肯定只有两种结果，要么问不出来，要么引起777的警惕。

不一会儿，机器人巡逻警察来了。他们跟机器人助手没啥两样，唯一不同的就是左臂上印有白色的字母"POLICE"。

奇奇拖着行李，坐上巡逻车。这栋智能化、生态化的住所，高级是高级，可没啥值得怀念的。但是，毕竟住了这些天，奇奇还是不由得回望一下。777站在门口目送着他。奇奇鼻子突然酸酸的，原来，他心里惦记着777。这或许就是书本上说的"日久生情"吧。

一个个木棚子，和明星住所相比，确实比较简陋，但正如星星说的，没有机器人助手时时刻刻跟着，倒也自由自在，何况奇奇只是过来暂住几日，不像星星有干不完的杂活。

奇奇带着茶具来到星星的木棚，等了许久，星星终于回来了，他加速向前跑，给了奇奇一个拥抱。

星星惊讶地问道："你怎么来了？你的机器人助手呢？"

"他们说是为了平息舆论，让我在棚户区暂住几天。我也不懂为啥这样。但棚户区有你嘛，我挺乐意来的。"

星星看奇奇精神奕奕，自己便乐不可支，再次跟奇奇相拥，说："欢迎欢迎！不过，我的飞行器做好了，我随时可以逃出动物岛。你什么时候能回家呢？"

"长老说'是真是假，要用心眼去看'，原来动物岛真的只是一个大型的动物园而已。你找到花花师姐了吗？目前，这是比回家更重要的事。"

"我找理由去了趟形体训练营，花花不在那儿，听说生

第十三章 一波未平，一波又起

病住院了。我又去了医院,医院也没有啊！这事倒提醒了我，前些时候，这岛上有些明星没有直播了，都说是去疗养休假了。"

"确定都没有？"

"动物岛上的大熊猫只有你和花花。医院每个病房我都看了，肯定不会看错的。"

这时，一群海鸟飞了过来，喊着口号："海鸟直播，乐享生活。"乍一看，浑身乌漆墨黑的，仔细一瞧，像黑绸缎一样发亮的羽毛，混合了深蓝与淡紫。噢，他们还穿着黑色的马甲，马甲上印着橙色的字样"海鸟直播"，格外醒目。

奇奇一看"海鸟直播"，气不打一处来，火冒三丈。

"你们这群乌鸦真讨厌，都是你们搞的鬼，你们还好意思飞来！偷拍不说，还乱发。害我成了这样子。"

星星在一旁助威，说："就是，真是讨厌。不过，他们不是乌鸦，是八哥。"

几只海鸟忙着纠正道："我们不是乌鸦，也不是八哥。我们是大尾拟八哥。整个美洲的上空都有我们飞翔的痕迹……"

"管你们是什么鸟，反正没安好心。"星星义愤填膺，拳头握得紧紧的。

海鸟老大不停地鞠躬,后面的海鸟也跟着鞠躬。星星说：

"别！别！你们一身黑，这么鞠躬，好像在拜祖宗一样。"

海鸟老大毕恭毕敬地说："对不起，实在对不起。偶像，我们都是你的粉丝，都爱看你的茶百戏，都爱跟你跳操。你得了冠军，我们发图片只是好玩，想蹭流量，没想到……"

海鸟老大说话的同时，其他海鸟拼命点头。

奇奇怒气难消，没有作声。

星星为好友鸣不平，质问道："道歉有什么用。有句话叫什么来着，道歉有用，还要警察干吗？"

海鸟老大一脸诚恳，说道："这事儿的确是我们不对。真没想到闹成这样。希望给我们一个补救的机会。我们在岛外听说的消息是，要收回大使勋章，送偶像你进行心理治疗。我派小伙伴进岛打听，又看到偶像上了巡逻车，进入棚户区。所以，我急急忙忙跑来道歉。对了，我们来还有件大事相告。"

这时，身边有只海鸟递上一张照片。照片上，有一架直升机，直升机里有一只穿着红衣的大熊猫。

海鸟老大接着说："几天前，有新的熊猫来到了动物岛。"

奇奇仔细一看，心里嘭的一响，"妞妞？这不是妞妞吗？"

奇奇对星星说："这是我们熊猫谷的妞妞，还和我是同学呢。妞妞怎么也来动物岛了？可她在哪儿呢？我怎么没听说？你听说了吗？"

第十三章 一波未平，一波又起

奇奇又望着海鸟们说道："你们既然拍了照片，那知道她在哪儿吗？"

海鸟老大摇了摇头，其他海鸟们也跟着摇摇头。

奇奇紧了紧黑眼圈，糊涂了。

"花花师姐还没找到，妞妞又来了。这样说来，动物岛有三只大熊猫。妞妞为什么来动物岛呢？我不是才来没几天吗？777也没告诉我……"

星星拍了一下奇奇的胳膊："别多想了，你一连这么多问句，问得我都头疼了。我们去找她们不就行了！"

海鸟老大张着他尖尖的嘴巴说："就是就是，我们去找她们。"

其他海鸟也跟着边点头边说："就是就是，我们去找她们。"

奇奇望着星星说："那你不回家了吗？你的飞行器都组装好了。"

"回家随时都可以。现在，寻找你的朋友更重要。你不是喜欢玩探险寻宝的游戏吗？我也想玩这样的游戏。"

海鸟们都说："我们也想玩。"

奇奇咧开嘴角，露出真挚的微笑，黑眼圈也舒展开来。他的目光中透露着坚毅与感激，说："谢谢大家！"

星星说："好朋友，客气啥！我们一定行的。"

海鸟们跟着说:"好朋友,客气啥!我们一定行的。"

星星撇撇嘴,说:"人家都说鹦鹉学舌。你们这什么八哥,怎么也鹦鹉学舌呢?"

海鸟们哈哈大笑起来。奇奇也开心地笑了。星星看了看奇奇,看了看海鸟,也乐呵呵的。大家一齐说道:"我们一定行的。"

第十四章

"月亮出来啦,妈妈快回家"

成长啊,是一次多么奇妙的旅行,你永远猜不到下一站会领略到怎样的风景,湖水是蓝还是绿,河流在哪儿转弯,今夜能否见到星星,明天的雨有多大,阳光会从哪片云层透出来……既然选择了远方,那就风雨兼程,勇敢地前行吧,不同的天气,不同的道路,会带来不一样的体验。

酸甜苦辣,本身就是成长该有的滋味,如果只有"甜",那多单调啊!况且没有品尝"苦",又怎知"甜"的美好。充满未知才是成长本来的模样,如果按照写好的剧本、套路去执行,那不就成了演戏……

星星和海鸟们各自去忙碌,奇奇独自思考着成长的

意义。

良久,奇奇摊开星星找来的关于动物岛的资料。

"动物岛是万物和谐共生、地球生态文明的样板,是所有动物梦想的家园",这个宣传语,奇奇已经非常熟悉了。

动物岛的生态环保,奇奇也已知晓:动物岛全部采用可再生能源,进行循环利用,实现零碳排放。比如,每一栋建筑都能收集、储存雨水,这些雨水经过净化,变成饮用水,而各种生活用水经过净化后用于园林绿化灌溉。动物岛由智能机器人管理,机器人可识别动物与人类的语言,而动物在这能自由自在生活,不受人类干扰。

奇奇若有所思地浏览着,目光重新聚焦到一本财经杂志的封面上。封面是一名中年男子的特写照片,他身材修长,肩膀宽宽的,穿着笔挺的西装,头发黑黑的、亮亮的,梳得整整齐齐,没有一丝杂乱,脸上挂着和善的笑容,笑容

第十四章 "月亮出来啦,妈妈快回家"

的分寸把握得恰到好处,不那么浓烈、夸张、刻意,而是显出满满的真诚。

这名男子正是市长,也是动物岛的创始人。奇奇之前和他见过一面。市长创造了动物岛的商业模式:动物们进行直播与形象代言,为动物岛提供源源不断的收入,一部分资金用于动物岛日常运转,一部分用于科学研究,濒危动物得以在此繁衍生息。作为世界珍稀物种保护组织的试验田,动物岛已与各国政府达成协议,打赏与代言的花费是可以用来抵税的,这也激发了个体与企业的热情。对企业来说,反正要请明星代言的,请动物岛的明星能抵税,

何乐不为？

奇奇看着杂志里关于市长的报道，看着市长谈论动物岛的经典运作模式，想了很久始终不太明白。这到底是利用珍稀动物赚钱呢，还是在保护珍稀动物呢？星星到底是怎么被送到动物岛的呢？

就在奇奇盯着市长照片发呆的同时，市长早已坐不住了，格斗大赛引起的轩然大波，他无法置之不理。

市长的办公室在一栋摩天大楼的158层，这是他一手创办的企业的总部。自从当上市长之后，他很少来这里，除非是出席重要的董事会议，或是想来这里静一静，就好比今天。

市长在宽敞的办公室里走了几个来回，凝视墙上的屏幕沉思片刻，抬起手按了几个号码。"请等待，请等待，请等待……"蓝色的屏幕上重复滚动这几个字。一秒、二秒、三秒、四秒、五秒……五十秒过去了，视频电话还没有接通，市长的眉宇微动。一分一秒，稍纵即逝，短暂得不能再短暂，可有的时候，一分一秒，显得极其漫长。

市长咬了咬牙根，闭上双眼，眼前一片黑暗。他只听到呐喊的声音："不，我不能怀疑。我必须继续下去，义无反顾。"这声音仿佛从黑魆魆的无底深渊传上来。

视频电话终于接通了，市长睁开眼睛。一个戴着眼镜的男子出现在屏幕上，编号 001 的机器人站在他身边。男子穿着圆领 T 恤，金黄的头发凌乱不堪，几缕头发各自搅在一起，眼镜镜片是褐色的，却也看得到他的眼窝深陷，胡子拉碴，一看就知道好些天没打理了。市长问道："K，格斗大赛究竟是怎么回事？"

001 抢先回答："一场游戏。"

叫 K 的男子跟着说："一场游戏。"

"真的只是一场游戏？"

"动物岛是创造奇迹的地方。一切皆有可能。"001 的语调跟 777 一模一样。

"我问的是 K！"

"一切皆有可能，"K 依旧重复 001 的话，又补了一句，"一切才刚刚开始。"

"刚刚开始？什么意思？K，你是不是有事瞒着我？你到底想做什么？"市长的语气变得急促，不安的神色涌到脸上，他无法淡定。

K 没有回答。沉寂，死一般的沉寂。

良久，市长接着说："动物岛不能有任何闪失。我正忙着在亚洲、欧洲、非洲复制动物岛。全球各地的濒危动物失踪案和动物岛究竟有没有关系？"

K 依旧沉默着。

市长说:"有些事情过去了,就让它过去吧!一个错误发生了,不要用更大的错误去掩盖。"

K冷冷地说:"已经开始了,没法停止。"他嘴唇边挤出一丝笑容,在冰冷的口气的映衬下,显出几分神秘,几分邪恶。

市长一脸严峻,追问道:"K,你到底在做什么?"

突然,屏幕恢复成蓝色,中央出现一行字"对方终止通话"。

"K——K——"市长连声喊道,陷入迷茫。

屏幕的另一端,K正在他的实验室。自从来到动物岛之后,他就没离开过这里,吃饭、睡觉、洗澡、工作全都在此。

K吐出两个字:"断了?"

001答道:"K,马上就要成功了。你应该专心从事研究,不要为小事费神。"

原来是001切断了信号。

K又问:"濒危动物失踪?"

"这只是一门古老的生意,狩猎者们也要吃饭。我只管有没有动物来这里,至于他是怎么来的,并不重要。"

K没再说话,默默走向一间玻璃房。他和001是有默契的,他把001当作另一个自己。001不同于寻常的机器人,它智力超群,能识别人类的情感,洞察人性。它陪在K的

第十四章 "月亮出来啦,妈妈快回家"

身边20年了,已成为K身体和灵魂的一部分。

窗外霓虹闪烁,五光十色。市长沮丧地躺在靠背椅上,感到从未有过的疲惫。他在心里自问自答:人生,难道只是一场如夜景般绚丽的梦幻吗?奋斗,难道只是对刻骨铭心的悲痛的逃避吗?不,我不能怀疑,不能怀疑人生与奋斗!我要在全世界范围内复制动物岛,我要成功竞选总统。

渐渐地,落地玻璃上映出了他自己的身影。这身影仿佛站了起来,走向茫茫夜色之中,走向记忆的最深处,走向另一个时空……

那时,他的头发浓黑、蓬松,他靛青的眼眸清澈又深邃,很容易让人联想到辽阔的海洋,以及海洋远处的孤帆远影。他的专业是人工智能,他是当之无愧的学霸,上大学以后,他已在国际知名的学术期刊发表了七篇论文。你只可能在五个地方见到他——实验室、教室、食堂、宿舍、图书馆。当他在这五个地方之间穿行时,即使你大声叫他,他也不一定能听见,因为他从早到晚总是在思索。你想听到他说话,那你得让老师在课堂上点他回答问题。对,没错,同学们暗地里都叫他"怪人"。

她拥有金色的、长长的、浓密的秀发,像瀑布一样垂过肩部,肩部以下的头发自然微卷,恰如跳跃的浪花。她在运动场上奔跑时,长发飘动,你立马想到艳阳底下大片

大片金灿灿的向日葵,以及和煦的风。她的专业是生物基因工程,尽管还是大学生,但她已是国际生物界冉冉升起的新星。她除了专注于学术研究,还喜欢唱歌、烹饪、打球。不论你在何时何地见到她,她总是言笑晏晏,让你的心立刻感到一种难以言表的愉悦,仿佛在寒冬喝了一杯可口的奶茶。

为了迎战三年一度的国际数学建模大赛,学校从各个学院选拔优秀学子组建校队,每周末在一起集训。他和她都入选了,成为并肩作战的队友。在见面会上,校队导师让大家自我介绍,包括选择专业的理由。他说,人类太孤独了,生育率持续下降,人类会越来越少,需要伙伴,再加上开发外太空、入驻新的星球,需要机器人作为先遣部队,所以他把机器人研究作为自己的理想。他用低沉的嗓音说了这些话,她低头会心一笑,她的理由和他太像了,她也觉得人类孤独,只不过她是想让动物成为人类的伙伴。

一开始,他和她并未互相吸引。渐渐地,彼此发现,集训交流时,两人会说同样的话;就餐时,两人会选择相同的食物。她得知他的生日到了,送给他一套西装,她说他穿西装特别好看,特别精神,这是他平生第一套西装。在他眼里,她善解人意、温柔大方,这比她的外貌更让他着迷。他悄悄地给她写诗,把爱慕、祝愿、美好都写在诗里,

第十四章 "月亮出来啦,妈妈快回家"

还有他的孤独、悲悯。

半年的时光很快过去了,校队在国际数学建模大赛中获得金奖。全球高校只有三个金奖,这份荣耀是沉甸甸的。他和她成为好朋友。他意识到自己的性格悄然改变,他的沉思少了,笑容多了。原来,性格并不是一成不变的。

竞赛结束,校队解散,他和她仍保持联系。她邀请他参加各种运动,教他打网球、游戏,请他参加学院的郊外野餐和音乐会,给他讲她小时候的故事,讲她和父母在非洲草原上的生活,她的父母是野生动物研究专家。他把这些欢愉时光写在诗里。两年时间,他给她写了100首情诗。写到第100首的时候,他带着100首情诗向她求婚。她喜出望外,没想到这个英俊、深沉、睿智的男人,还拥有一颗浪漫的心,有什么理由拒绝呢?

他们携手步入婚姻的殿堂,幸福与甜蜜是何其的饱满与浓郁啊!很快,这对年轻的夫妻添了一个非常俊俏的男孩,孩子的眼睛像爸爸一样湛蓝,头发像妈妈一样金黄。孩子还在襁褓之中时,喜欢发出"K"的音,于是,他们给他取了乳名为King,简称K。

那是一段值得细细回味的时光。他们一边照顾孩子,一边读硕士,还一边创业。他的专利吸引了风险投资家,顺势成立了智能机器人公司。不论有多忙碌,她都亲自打

理他的西装、衬衣,把他的皮鞋擦得锃亮;像美发师一样细心地把他的头发吹干、梳好;就连一双双袜子,她都一丝不苟地用蒸汽熨斗烫平。她说,从内到外的精气神,对人特别重要,而这种精气神,需要爱的浇灌,就如那一双双袜子,当她动手熨平,袜子就有了爱的温度。

她的专业研究很耗费时间,无数个夜里,她得在实验室忙碌。除了学业,他还要会见投资人、生产商、销售商,出席各种会议。K只有保姆陪伴,太孤单了。她托非洲的朋友运来一只花豹幼崽,他专门给K设计了一个机器人,有花豹丹尼与机器人陪伴,K开心多了。有时候,K也想妈妈,妈妈不回来,怎么也不睡觉。她编了一首童谣:"月亮出来啦,妈妈快回家,妈妈抱着我,我要睡觉啦……"当机器人唱起这首童谣时,K很快就睡着了。

一切似乎都在向上发展。她硕士毕业后,一心一意辅佐他的事业,陪他到全球出差。他们从不争吵,遇到分歧时,顶多沉默片刻,然后各自退让一步。他的公司规模越来越大,各类机器人产品销往全球各地,涵盖商业、工业等各个领域。他是全球科技界、商业界耀眼的明星,政界也向他招手。他以造福人类为己任,意气风发,雄心勃勃。要想实现伟大的目标,必须拥有足够多的金钱与足够大的权力。

K读完小学的那个夏天,出了一个意外。K玩着滑板,

第十四章 "月亮出来啦,妈妈快回家"

眼看要和一辆失控的货车相撞,丹尼快速冲了过来,救下了 K,但是丹尼被撞飞,没能抢救过来,永远地闭上了眼睛。K 伤心欲绝,本来就寡言少语的他,更加默然。丹尼是自己最亲密的玩伴,胜过机器人。

这个突发事件让他深受触动,他心里浮现出动物岛的蓝图——世界珍稀动物在此繁衍生息,没有人类干扰,由机器人管理,向世界展示机器人管理城市的水平。他想以此来弥补对儿子的亏欠,安抚那颗幼小的受伤的心,同时又是献给妻子的最好礼物——妻子从小就对野生动物着迷。

他让妻子陪伴在儿子左右,自己争分夺秒地实施动物岛修建计划,这可比创业艰难多了,他要说服很多个政府部门和社团组织。儿子对动物岛不感兴趣,也拒绝妈妈的陪护,他坚持选择私立寄宿学校,不容商量。

年轻夫妇只得尊重儿子的选择。儿子遗传了父母的高智商,步入中学之后,沉浸于自己的科幻世界,一方面酷爱希腊神话、宗教故事,一方面善于发明创造,尤其擅长制作机器人。儿子周末不常回家,只是向父母打个电话简单地报个平安,说说他取得的成绩,话语寥寥。她对他说,儿子跟你真像。他们有着难以言说的无奈,只能去想,或许孩子的叛逆期到了,抑或是儿子想学会独立。

时光飞逝如电,一闪而过,不留一点儿痕迹,即便它

击中一株小草，可没几天，小草依旧会发出新芽。永恒的是四季轮回，永恒的是事业与爱情。他和她依旧相敬如宾，恩爱如初。动物岛的蓝图一步步变成现实，他在政坛如鱼得水，她保持着当年的习惯，给他打理外表形象，给他撰写每一篇演讲稿，何处停顿几秒，何处慷慨激昂，都标注得一清二楚。

第一座动物岛竣工了，他也成功竞选为市长，成为这座超级都市百年来最年轻的市长。儿子也长得高高大大了，只是所有的心事都藏在忧郁的眼神后面，这么多年来，偶尔回到家里都像是在做客，对父母彬彬有礼，不曾促膝长谈。

如果有遗憾，这或许就是遗憾。人生总是充满遗憾。你愿意以多大的诚心去弥补？如果可以从头再来，你愿意拿怎样的筹码去交换？

他和她拥有无上的荣光，拥有了无限的财富，可细细回想，亲子时光是何等的稀少。为了弥补遗憾，两人不顾气象部门的预警，冒着暴风雨，驱车三百公里前往另一座城市，出席儿子的博士学位授予仪式。不幸的是，途中，一棵大树倒在路中央，视线太差，他们来不及刹车，撞了上去。他无大碍，但她昏迷不醒……

第十五章

恭喜你,你是万物之王

动物岛上的一个玻璃房里,黑猩猩一会儿站立举起双臂,一会儿斜躺在角落里,一会儿双手撑地,把屁股翘得老高老高。她的双手时不时抚摸肚皮,时不时握拳鼓劲。约莫半个钟头后,她半蹲着,一只手撑着床沿,慢慢地,一个宝宝钻出来了。宝宝浑身都是黏性的透明液体。黑猩猩双手捧着宝宝,亲了又亲,突然停住,睁大眼睛端详这个新生的小生命,一副惊愕的样子。为什么宝宝是白皮肤呢?

黑猩猩望着站在玻璃房外的机器人001说:"这……这……怎么会这样。"001没有回答,走进玻璃房,抱着宝宝走到相邻的实验室，将她放在操作台上。一个探测仪器伸过来，在宝宝身上扫描。

一个头发凌乱的男人紧紧地盯着屏幕。屏幕中央是宝宝的影像，四周是各种各样的数据分析，包括体重、脑细胞、器官发育情况。数据不停地变化着，宝宝新陈代谢的速度惊人，这意味着她在迅速长大。

在黑猩猩产房的对面，还有一间玻璃房，看不清里面是什么，玻璃内侧凝结着冰霜。男子推门而入。一位中年女性躺在冰床上，她的全身都蒙着一层霜，却掩盖不了她的美貌与贵气，脸上还残留着浅浅的笑容，仿佛只是睡着了。

男子跪下，垂下头埋在自己的双掌中。他曾经无数次想让低温凝固自己的血液，可是脑海中闪现的画面又让他热血沸腾。他不知道此时此刻是白天还是黑夜，就像他从来不知道自己是心死还是悲伤，不知道自己是否还有灵魂。

他抬起头，面无表情地说："妈妈，你知道我有多爱你吗？你知道我多么想得到你的爱吗？为什么我最爱的都要离开我呢？先是丹尼，接着是妈妈。妈妈，原谅我没法拯救你。既然神灵瞎眼了，那我就成为神。"他的沙哑嗓音，万般委屈中夹杂着怨愤与苦楚。

001走过来，说："K，恭喜你，你是万物之王。新的物种诞生了。"

第十五章 恭喜你，你是万物之王

K走进实验室，抱起宝宝，她皮肤白皙，五官端正，和人类一般。短短几分钟，刚出生时的褶皱皮肤已经变得十分光滑润泽。K拿起一个瓶子，递到她的嘴里，她吧嗒吧嗒地吮吸。K深情地叫道："妈妈！"

不远处，花豹静静地看着这一幕，摇摇头。他转身离开，可是脑子里摆脱不了记忆：少年K玩着滑板，就在要和货车相撞的时刻，丹尼快速冲过来，救下了K。真正的丹尼死了。而他呢，只是仿真的机器丹尼。他的脑子里被输入了丹尼和K小时候的各种影像资料，但为什么要输入交通事故的监控视频呢，莫非是让他记住自己的使命就是保护K？但不论他怎么取悦K，K对他都不怎么理睬，甚至排斥。他第一次和K见面时，是K从学校回家拿自己的物品，上一秒，K的眼睛闪着欣喜的光芒，但瞬间，K的神色变了，他甚至没留在家里过夜。他给K讲小时候的故事，K不予理会，还用眼神发出愤怒的警告。陪伴K的，只有机器人001。

花豹清楚，自己连K的仆人都算不上，更别说成为儿时一样的玩伴了。在K的心中，机器丹尼代替不了真正的丹尼，即便这个机器丹尼是世界上最先进的仿真机器动物。可问题是，K为何提取妈妈的基因，运用最新生物技术再造一个妈妈呢？而且，他想要让这个妈妈永生，难道妈妈

真能复制吗？

花豹回望了一眼K，心里冒出一阵悲凉：这个可怜的孩子。

在动物岛棚户区，奇奇正试图解开动物岛的谜题，但是待在屋子里苦想肯定是不行的。可棚户区的几个进出口，都有机器人巡逻警察站岗。奇奇本想溜出去，却被拦住了。巡逻警察说："没有新的指令，你不能离开棚户区。当你能出去的时候，你的机器助手会来迎接你。"奇奇又询问了几次，巡逻警察每次的答复都是："没有新的指令，你不能离开棚户区。"

闲来无事，奇奇在棚户区转悠。这里的住户并不太多，也就十多户，有树懒、犰狳、狐猴，还有穿山甲。

名叫大地的树懒就住在隔壁不远处，总在睡觉。奇奇去了几次，才和他聊上一会儿。树懒的发型是中分的，眼眶周围有着一圈黑色毛发，面部肤色则是灰白色的。他微微张着眼，好像没有睡醒似的。奇奇一看就想笑，但瞬间意识到这样太不礼貌了，说不定他还是长辈呢，只好吞了吞口水，把笑声憋回去了，差点没呛到。

奇奇微微鞠躬，颇有礼貌地问："请问您怎么称呼？"

树懒慢腾腾地说："大——地——"

奇奇又想笑了，树懒只喜欢在树上生活，居然还叫这

第十五章 恭喜你,你是万物之王

样的名字。

"大地先生,您怎么搬到棚户区了?据我了解,大家都很喜欢树懒啊!我看过一部电影,树懒本来是配角,结果一出场,就抢了主角的风头。"

"我——总——是——在——直——播——中——睡——着——了——。实——在——没——法——像——你——们——这——样——,又——能——说——,又——能——熬——"

大地先生努力想睁开眼,他花了五秒钟睁开,不到一秒又合上了,再花五秒钟睁开,又不到一秒就合上,说话与动作也要慢几拍。

奇奇心想:"怪不得到棚户区呢。这样的语速和动作做直播,不把网友急死才怪。唉,大地先生也挺悲哀的,明明是在树上生活,为了适应快速的节奏,还得改变古老的习惯,学会在地上行走。"

奇奇说:"大地先生,我不打扰您了。您好好休息!"

大地先生打了个呵欠,合上眼,没再努力睁开。显然,他又睡了,还打起了呼噜。

奇奇还拜访了名叫"炮弹",和他年龄相仿的穿山甲。炮弹的鳞片金光耀眼,像一位神奇的将士,这是奇奇第一次见到金黄色的穿山甲。

炮弹边吃零食边晒太阳,他对奇奇的到访感到惊奇。

"你不是大明星吗?怎么跑到棚户区来了?"炮弹说完伸了个懒腰,拿起扫把清扫屋子。

"我来,我来——玩玩。看看朋友星星。"奇奇也不知道该如何回答,只好把星星说出来,因为星星跟他提起过炮弹。

"哦!星星的朋友呀。星星估计又去忙了吧。我让他像我一样躺平,他非不干。他就是闲不住,不甘寂寞,像我这样多好,我喜欢独自待着。"

"你不用工作吗?"

"我想工作时,就工作一下。我可不像星星,接那么多任务,想方设法去赚能量币。"

"星星是想……"奇奇刚开口,便打住了,换了一个话题,"我听星星说你多才多艺,不做直播可惜了。你不想爸爸妈妈吗?"

"我跟你说过了,我喜欢独自待着。我们家族个个都这样。在老家也是独自生活,在这里也是独自生活。再说,老家太危险了,环境被破坏不说,家族成员常常失踪。我也不知自己怎么来到这里,来了之后发现自己走运了。这里真是天堂,有吃有穿,还安全。好好活着,比什么都强。"

炮弹的一番话,给了奇奇很深的感触,原来大家都有各自的生活方式,对动物岛的理解也不一样。怪不得星星说他和炮弹并不是好朋友呢!

虽说有不同的生活方式无可厚非,但是,奇奇更欣赏

星星的态度，乐观、向上、积极。他把星星和炮弹一比较，更加佩服星星。星星坚持自己的原则，宁愿打杂受累，也不愿耍贱，而且星星努力工作是想和爸爸妈妈团圆，担心爸爸妈妈失去他了伤心难过，还有啊，星星的社会活动能力超强……

奇奇告别了炮弹，回到自己住所，望着海鸟老大绘制的动物岛地图冥思苦想。既然妞妞来了几天都还没有公开亮相，就说明动物岛并不想让她做直播。既然动物岛不想让她做直播，那必定另有所图，到底要妞妞做什么呢？如果不让妞妞公开亮相，那就会把妞妞藏在比较秘密的地方。

奇奇越想越后怕，脖子都感到一阵凉意。动物岛究竟藏着怎样的秘密呢？星星说一些动物突然不见了，他们到底是离开了动物岛，还是被藏了起来？

奇奇坐立不安，边走边想，来到星星的住所。没过多久，星星和海鸟们都回来了，果然，他们依旧一无所获。所有被询问的动物，要么向他们摇摇头，要么一脸茫然，都没有听到关于妞妞的任何消息。

炮弹的话还在奇奇心里打转。他对星星说："你乘飞行器逃离动物岛吧！和海鸟一起把动物岛内幕传播出去。"

"我们是'星奇组合'啊！要走一起走。"星星一口回绝。

海鸟老大说："内幕？我们得把内幕弄清楚。"海鸟们跟

第十五章 恭喜你,你是万物之王

着说:"弄清楚!"

奇奇和星星来了一个大大的拥抱,为真诚的友情拥抱。奇奇拥抱星星的时候,想起长老的教诲,"答案需要自己去寻找""别被幻象迷惑",这些话响彻在耳边。

星星挣扎着把嘴巴露出来叫道:"怕了你的熊抱。我喘不过气啊!"海鸟们哈哈大笑起来。

海鸟们的笑声把奇奇的思绪拉了回来,他连忙松开双臂,笑道:"对不起!对不起!我又忘了。"

笑容很快消失,代替的是一脸郑重。奇奇说:"目前公布内幕会打草惊蛇。有没有什么地方是我们忽视了的?"

奇奇注视着地图,仔细琢磨。海鸟老大拿出一沓照片,说:"你们先看看这些,看这更清楚。"原来,这几天,海鸟老大指挥海鸟把动物岛所有的建筑、所有的角落都拍了个遍。

奇奇和星星把照片摆开,一张张揣摩。动物岛中央那座树形建筑的照片格外显眼。大家的目光在树形建筑上汇聚。

星星讲解说:"这是科普馆。树干部分是公共活动区域,还有标本展览室、电子阅览室。我们只剩下顶层没去了。顶层是动物岛的信息传输中心。要用门禁手环才能进入。"

奇奇问:"怎么样拿到门禁手环呢?"

海鸟老大说:"要不我们去试试?"海鸟们跟着说:

"试试!"

奇奇和星星同时问:"怎么试?"

海鸟老大说:"偷!偷不成,就抢!跟坏蛋,不必讲客气。"海鸟们跟着说:"不必讲客气!"

过了一会儿,不见海鸟们回来。奇奇忐忑不安,说:"海鸟老大怎么去偷,怎么去抢呢?手环肯定都套在机器人手上啊!"

星星笑了笑说:"我有个好主意。"说完,他就迫不及待地跑开了,连奇奇追问他是什么主意也没理会。

星星悄悄溜进科普馆底座的监控室。星星在心里沾沾自喜:"哈哈,我就猜到今天是你值班。不好意思,对不住了,老兄。"星星鼓起肚子,把屁股一撅,一阵烟幕冒了出来。值班人员是德国牧羊犬,他刚说:"你要干什么?"便在烟幕中昏了头,渐渐倒地。

噢!星星的好主意就是放一个超级大臭屁,熏倒值班人员。

星星取走门禁手环,又在指挥触摸屏上按来按去,给手环进行授权,所有手环皆可进入所有场所。他得意地说:"到处结交朋友,也是有好处的。"

星星又坐电梯直达树冠部分。这里宽敞明亮,一半是大厅,一半是复式三层办公区域。星星细细一瞧,叹道:"天

第十五章　恭喜你，你是万物之王

哪，这里不只是信息传输中心，还是大型的生物实验室。"

环尾狐猴、麋鹿、黑熊等一批保护动物，被关在一个个透明的、隔音的房间里，有的在愤怒地捶击玻璃，有的是昏昏欲睡的模样，有的眼神充满着无限的哀伤……星星还见到两头大熊猫，不用说，这正是妞妞和花花。

"怪不得有动物失踪，原来都到这里了。但愿奇奇还在我家。"星星一边自言自语，一边用手环拨通住所专线电话。哪知刚刚拨通，还没来得及说上一句话，便被机器人警察抓住了。

星星又放了一个大臭屁，可这对机器人警察一点儿用都没有。星星叹道："倒霉！机器人没嗅觉。"

此时，奇奇正看着飞行器，苦苦思索。动物岛一定藏着巨大的谜团。炮弹住在棚户区都喜欢动物岛，难道动物岛真的是梦想的家园？如果是，星星为什么要逃离？奇奇想啊想啊，白袍长老的话语又在耳边响起："答案需要自己去寻找。"

"嘟——嘟——嘟——"专线电话响了，打断了奇奇的思绪。奇奇一个跨步冲过去，拿起电话，可什么声音都没有，电话信号中断了。

奇奇心里一紧：糟糕，莫非是星星遇到危险了？海鸟们怎么还没回来，是不是出状况了？该怎么办？

奇奇的目光快速地在屋子里扫视,脑子一并飞快地转动:"怎么办?怎么办?静心!静心!"

两脚开步,双膝微曲,双臂曲抱于腹前。奇奇摆了个站桩姿势,以息运气,默念口诀,突然大叫:"有了!"

奇奇找出之前送给星星的一套茶具,顾不得表演细节,在汤泡上画了一棵大树、两朵花。

奇奇把飞行器扛在肩上,一口气冲到出口处,轻轻放下飞行器,躲在一棵大树后面悄悄观察。和777相处多日,他已熟悉机器人的休眠装置就在左侧腰间,那是一个小小的蓝色圆圈。按下那个圆圈,是不是可以让机器人休眠,趁机取下手环呢?

奇奇蹑手蹑脚,屏住呼吸,不声不响地来到巡逻警察身后,弯下腰,伸出手来,触摸那个蓝色圆圈。不巧,巡逻警察转了个身,奇奇被发现了。

巡逻警察推开奇奇说:"没有新的指令……"

来不及多想,奇奇一不做二不休,把巡逻警察撞倒在地,趁机触摸到蓝色圆圈。可是,巡逻警察并未休眠,一个翻身,把奇奇压在地上。

"糟糕,休眠装置只有在休眠时段按下才有效。那就直接取下他的能量片。"奇奇只得和巡逻警察扭打起来。他张开大嘴,用锋利的牙齿咬住巡逻警察的一只手臂,不让他

第十五章　恭喜你，你是万物之王

呼叫同伴，再把对方抱住打了个滚，松开嘴，一屁股坐在巡逻警察的胸部，快速取下头部的能量片。巡逻警察在空中挥舞的双手，突然静止不动。

奇奇取下手环，把飞行器装上巡逻车，向科普馆驶去。

第十六章

我不想再失去你

巡逻车开起来挺简单，就像开游乐场的碰碰车一样。奇奇把马力加到最大挡，从一个个路口呼啸而过，路口的巡逻警察们都来不及反应。

科普馆真是一座精妙绝伦的建筑，走近观看，它俨然一棵巨大、粗壮的橡树。树皮是科普馆披的外衣，它不仅仅是装饰材料，还是太阳能面板。树冠的一片片树叶全是能量收集装置。从外面看，树皮是灰褐色；从室内往外看，树皮则是透明的。若是在夜间，科普馆这棵"橡树"会通体发光。

即使情况十万火急，奇奇还是为科普馆的设计发出惊

第十六章 我不想再失去你

叹。依靠着手环,奇奇顺利地来到树冠区。

跟星星一样,奇奇被这个秘密基地给震惊了。一种惊疑骇怪的情绪像电流一样,瞬间把奇奇的四肢击麻。这个动物岛究竟藏着多少秘密?为什么珍稀动物都到这里来了?

奇奇也一眼就看到妞妞,连忙把手环往电子锁上一靠,妞妞的房门开了。

"妞妞,真的是你,你真的来了?"

妞妞站起身,奔向门口,眼里热泪盈盈。

"我知道你会来的,一定会来的。"

"你怎么来动物岛了?"

"熊猫谷来了个客人,说是动物岛模式需要全球复制,需要一个熊猫去当形象大使,长老便推荐了我。当长老问起花花何时回来,他们说她病了,待我去后,过段时间就把她送回。我没想到自己也被带到这座动物岛。来了之后我想去看望花花,可是机器人助手总是回避这个话题,我觉得不对劲便赶紧在游戏上给你留言。然后,我就被带到这里了。原来是拿我们做生物实验。"

"动物岛到底搞什么鬼?"

"关在这里的都是很古老的动物。我曾听到有个机器人无意中说了一句'基因优化'。"

奇奇思考几秒,马上说:"这事儿会水落石出的,我们

先解救其他动物。"

奇奇、妞妞一齐转身,同时看到大厅的墙上挂着金色的铭牌,铭牌上镌刻着动物岛的标识 Garden of God,不约而同喊道:"噢,老天!"

奇奇张大嘴巴,好奇地望着妞妞。妞妞莞尔一笑。

"你怎么知道我打游戏时的口头禅?你——是银狗?是你给我留言?"

"对呀!我刚不是说了么。"

"你一个女孩子,为什么叫这样的名字?而且,这是狗的名字吧?"

"银狗是熊猫的别称啊,你不知道吗?"

奇奇愣住了,他还真不知道熊猫有个别称叫银狗,只听说人类把熊猫称为竹熊、洞尕。

奇奇正想好好聊聊,花豹出现了。

奇奇毫不客气地质问:"为什么要把动物囚禁在这里?"

花豹答道:"只是让大家协助做做实验,这是为了拯救更多的生命。"

"现在就放大家走。"

"既然如此,让我和格斗冠军比试比试。"

花豹跳过来,妞妞冲奇奇叫了一句:"快去救他们!"便迎了上去。花豹盯着妞妞,并没有出拳。妞妞赶紧扑上去,

第十六章　我不想再失去你

抱起花豹的双腿,把他摔倒在地。

妞妞心想:"花豹不是身手敏捷吗,怎么都不躲闪?他也没想象中那么重嘛!"

双方没有再动手,僵持在原地。

奇奇用手环逐个开门,星星被解救出来了,奇奇也见到花花师姐,她憔悴不堪,没有往日的风采。他只能匆匆打个招呼:"花花师姐,星星会带你们离开。"花花师姐依旧微微一笑,说:"自古英雄出少年。你是熊猫谷的骄傲!"

奇奇扭头对星星说:"星星,你带领大家离开。"

"要走一起走!"星星利索地回应。

奇奇无暇顾及大伙的去留,他迫切想解开谜团。沿着旋转楼梯,他继续向上寻找线索,最终进入一间实验室。实验室的柜子里摆放着一些装有液体的器皿,器皿上贴着各种标签:"凶猛""可爱""聪明"等等。

与实验室相通的,是一间超大的实验室。奇奇躲在一根立柱背后,不敢相信眼前看到的这一切:

K 正在给一个人脸兽身的怪物喂牛奶。这怪物已长得和 K 差不多高,有着天使般的面孔,身躯却像是猛兽的。

001 说道:"你得给她植入芯片,不然难以驯服。"

K 看都没看 001 一眼,果断地拒绝:"不,她是我的妈妈。"

怪物转身过来,恶狠狠地盯着001。她的眼睛变得通红通红,张了一下嘴,露出尖尖的牙齿,以示抗议。

就在喝完一大罐牛奶的工夫,怪物又长大了,身上的皮肤开始发黑。

突然,001转动脑袋巡视四周,盯住奇奇的藏身之处。

奇奇知道自己躲不掉了,干脆站了出来:

"我知道你们的阴谋了。你知道人死不能复生,但是可以用基因优化技术,复制一个新的妈妈。之所以选用这些濒危动物做实验,因为他们大都很古老,基因中有着顽强的生命力,你还想妈妈长生不老。你想扮演神。可是,你忘了,当初你立志拯救濒危动物,其实就是扮演神啊!"

001说:"想不到格斗冠军这么聪明!"

奇奇举着"聪明水"瓶子摇晃几下,笑道:"你怎么跟人类一样偏见?我本来就不傻。看,我还找到这个,这是你们的研究成果报告,通过药水可以在很短时间内改变动物性情。我提出举办格斗大赛制造流量,你们正好在格斗大赛上做了实验。哈哈,我刚刚还服用了'聪明水'。"

"知道这些又能怎样?你逃得掉吗?"

不知何时,花豹溜了上来,悄悄接通屏幕信号。此时,屏幕上出现市长的面孔。

市长哀求道:"K,我的孩子,住手吧!我失去了你的

第十六章　我不想再失去你

妈妈,不想再失去你。"

"神不眷顾我,我就成为神。"一阵咆哮从 K 的喉咙里发出。他头上血管鼓起,面孔似乎都变形。

怪物跳到屏幕前,市长呆呆地看着她。这是多么熟悉的面容,白皙的皮肤、金色的头发、浅浅的微笑,可是她的身躯……市长的目光中,恐惧远远超过惊讶。

一群黑色的大尾拟八哥飞了过来,正是海鸟直播团队。

海鸟老大冲着奇奇说:"不好意思,来晚了。手环没抢到也没偷到,直播设备电量又不够了,我们去找地方充电,耽搁了。"其他海鸟也说:"不好意思,来晚了!"

海鸟老大又望着 001 说:"这里发生的一切,我已经同步直播了。你们逃得掉吗?"其他海鸟说:"你们逃得掉吗?"

001 说:"你们这些海鸟总是坏事。我早就说过不让你们来动物岛。可那头豹子就是不听,还说建立邻里友好关系。真是有组织无纪律。"

001 按了按手臂上的按钮,警报声响起。机器人警察纷纷上楼。动物们也冲到实验室,和机器人警察展开搏斗。花豹无奈地摇头,妞妞继续和他较量,依旧采取摔跤的招式,因为这太管用了。妞妞抓住花豹的手臂,转身、弯腰、用力,花豹从她肩膀飞过,再次被重重地摔在地上。

001 说:"熊猫大使,你莫要当英雄,小心我把你打成

狗熊。"

"这句话伤害不大,但侮辱性极强。"黑熊冲了过来,给了001一个漂亮的抱摔。

实验室乱成一团。机器人警察根本不是动物们的对手,纷纷被打倒在地,可他们毫发无损,立马又能站立起来。

奇奇大叫道:"拔掉他们头部的芯片。"

怪物专门和奇奇打斗,她越战越猛,战斗力直线上升,奇奇渐渐落了下风,只能被动招架。实验室的化学物品被打碎燃起了火,火势越来越大。星星见状,捡了几个玻璃瓶冲过来,砸向怪物。

星星哪是怪物的对手。奇奇担心地喊道:"星星,飞行器就在楼下,你赶紧离开!"

但怪物已经用长长的尾巴缠住星星,狠狠一甩,星星撞破一块"树皮",飞了出去。

奇奇伤心地大叫:"星星!"

幸运的是,星星撞到一棵大树上,身上的绶带挂在一根树枝上。星星翻了个身,从树干上溜了下去。

奇奇想跑过去看看好友是否受伤,怪物却用尾巴把奇奇抓了回来。奇奇意识到怪物已被激怒,只能暂避锋芒,只防守不进攻,同时提醒大家:"快下楼!快下楼!快!"机器人警察是新材料打造的,可动物们是血肉之躯啊。

第十六章 我不想再失去你

屏幕上,市长悲愤不已,呐喊道:"之前的一切,都怪我。现在,赶紧启动大楼的安全模式吧!"

"我曾梦想有一天,和妈妈在火焰中获得永生。"

"不!不!不!"001冲过来阻止,可来不及了。

K按下一个按键,砰的一声巨响,整个墙体都燃烧起来。

"K!我的孩子……"市长痛心疾首,低着头,双手抓住自己的头发哀号。谁敢眼看着自己的孩子被大火烧死呢?谁又能忍住在生离死别的关口不多看一眼?但当市长再次抬头时,屏幕信号已经中断。

秘书慌慌张张推门而入,举着笔记本电脑说:"市长,你看网上……我们得启动舆情管控了,恐怕还得准备危机公关。"

"完了,一切都完了。"市长瘫坐在椅子上,像被踩烂的西红柿一般。

第十七章

魔其实在我们心中

火焰像无数根舌头,越来越红,越来越长。这火焰是K心中聚集了多年的哀怨。这哀怨如同一座活火山,一旦爆发了,其威力可吞噬一切。

K望着四周的火焰,诡谲地笑着,似乎在欣赏精心打造的杰作。

烟雾越来越浓,地板也燃烧起来了。花豹大喊道:"快!快跟着我下楼。K按了毁灭模式。"动物们赶紧跟随花豹从楼梯撤离。

海鸟老大咳嗽几声,说:"没法直播了,快撤!"可是,它们没法从窗子逃离,只好跟着花豹往楼道口飞去。

第十七章　魔其实在我们心中

　　楼道空间比较逼仄，海鸟们飞得跌跌撞撞。海鸟老大却激动地宣布："咳咳……猛料，我们抓到了，咳咳……这绝对是轰动世界的猛料。""咳咳……猛料""猛……咳咳"这一次，海鸟们没能异口同声呼应。

　　怪物也放弃继续和奇奇缠斗，而是奔向K，双手捧着他的脸，轻轻擦去他脸上的灰尘，仿佛在擦拭一件珍品，而她是这件珍品曾经的主人。

　　她拉起K的一只手，示意他撤离。K不为所动。001拉着K的另一只手臂，愤恨地说："K，你居然毁了这一切。我才是你的家人，我才是真正的神。"拥有自己的情绪，这其实是001与其他机器人最重要的区别。

　　怪物摇摇头，发出一阵哀鸣。她抓住001拉着K的那只手臂，用力一拧，竟给拧断了，然后一脚把001踢飞。

　　K甩开怪物，冲进冰房抱着他的妈妈，唱着歌谣："月亮出来啦，妈妈快回家，妈妈抱着我，我要睡觉啦……"

　　奇奇望着怪物与K，呆住了，他身边的桌子已燃烧起来。妞妞、花花一起呼喊着："奇奇，快走，再不走来不及了！"

　　"你们先走。K不能死。我得救他。"奇奇斩钉截铁地说了一句，便跑进冰房。

　　为了营造原生态环境，动物岛上的建筑多为木质结构。就如这座科普馆，主体框架虽是钢铁结构，但墙壁与地面

都是木质的。设计师本来设置了安全模式,一旦发生火灾,消防系统立马开启。但是,K偷偷加装了燃烧毁灭模式。

火,呼啦啦地烧着。整个科普馆没多久已变成一棵巨大的火树,动物岛上空浓烟遮天。动物们纷纷喊道:"着火啦!着火啦!"直播明星们异常惶恐,不论离得是近还是远,都把镜头对准科普馆方向。不过,信号很快就中断了。

最为郁闷的,当属海鸟直播团队。"老大,没有信号啊!""气死了。扬名立万,多好的机会啊!""老大,我们之前的直播打不开,没了。""老大,快看,我们的视频剪辑在网上疯传。""快快,打开接收器,我们可以用自带的信号啊。"海鸟们七嘴八舌说个不停。但海鸟老大正担心奇奇的安危,并未理睬。

正在科普馆参观、玩耍、工作的动物们早已跑到外面的空地,惊恐万分,显然是被吓着了。有的比画着想说什么,却又说不出来;有的脸色发白,双腿像筛糠似的颤抖,想跑却迈不开步伐;更多的动物则是继续向前跑,时不时回头张望……

星星、妞妞和花花望着熊熊烈焰心急如焚。花豹几次尝试着冲进去,都无功而返。

黑熊吼道:"你这豹子,傻乎乎的。水,水在哪儿?救火啊!"海鸟老大也边飞边喊:"快来救火啊!快来救火啊!"大家这才醒悟过来,把路边所有的消防设施逐一打开,但这显然是杯水车薪。

不一会儿,科普馆的地板开始一块块、一层层地

垮掉。奇奇使出全身力气,抱起冰床上的女人,冲出冰房。这是唯一能让 K 离开的办法。K 跟着跑出来,绊倒在地,死死抱着奇奇的大腿。

"K,何苦呢!安全模式,安全模式还可以操作。"少了一条胳膊的 001 歪歪扭扭地跑到一台电脑前,按下几个按键。这时,墙壁之间的交界处都喷出水来。

水和火还在较量着,奇奇、K 却随着松动的地板掉了下去。在下一个楼层尚未站稳,又往下坠落,一层一层又一层,最终正巧落到软软的沙发上。

轰——一声巨响,不远处,怪物也重重地跌倒在地。一堆柜子之类的杂物哗哗落下,把她给埋住了。

火势渐渐小了。妞妞、星星穿上 777 送来的防火服,冲进科普馆,他们掀开杂物,把奇奇扶了起来。奇奇浑身湿漉漉的,受了点皮外伤,可那张大花脸着实太逗,星星忍不住笑了。

"噢,老天,"奇奇说,"我还活着啊!K 呢,K 没事吧,快把他带出去。"

星星不解,边推着奇奇边说:"管他干吗。这都是他惹出来的祸。"

奇奇说:"K 不能死。他是罕见的天才科学家。"

连扶带拖,奇奇和妞妞把 K 拉了出来。花花师姐按了

第十七章 魔其实在我们心中

按K的人中,他缓缓睁开了眼。

奇奇说:"K不能死,星星,你带他飞出动物岛。"

海鸟老大飞过来,说:"对!星星,你上岸了,肯定有记者采访你。记住,说出真相。"

"我们是星奇组合啊,我不走,"星星又转头对海鸟们说,"你们不是说自带信号吗,还怕外面不知道?"

花豹刚把K放进飞行器,给他系好安全带,却又迟疑了:"这能飞吗?掉在海里能不能开?"

"你太小看我了。当然能飞,飞到空中,会弹出一个降落伞,缓缓地落到海面上。这坐舱实际上是小型气垫船。酷吧。"

"要是降落伞没打开呢?你们实验过没?"

"这,这……那就看运气了。"

K挣扎着要爬出来,试图解开安全带,却无意中触发了启动开关。只见飞行器底部伸出两只腿,飞行器好似抬起头,与地面形成60度角。嘭的一声,飞行器穿过烟雾,冲向天空……

火还在燃烧着,火力却变弱了。科普馆成了一棵黑色的"铁树"。透过红红的窗口能隐约看到,怪物从废墟中站起来,朝着天空哀号,她的体形又变大了。

焦急的还有X国总统。他主持召开紧急会议,质问军

方,这是不是一次秘密实验?国防部部长看了看几位将军,众人一脸茫然。

X国总统大发雷霆,这样的生物技术,他竟然浑然不知。

有人提议:根据目前收集的资料来看,怪物还在变异。理论上,怪物会变得异常强大。所以,只能速战速决,炸毁动物岛,否则就是灾难。

有人马上反对:"你是不是科幻电影看多了?怎么可能这么迅速地变异?再说,能变得多强大?就算外星人来了,我们也不怕!"

每隔一两分钟,便有专家心急火燎地赶到。来的人越多,争得越凶。

X国总统出去接了几个电话,有多个国家领导人来电了,大致意思差不多——自己国家的国宝还在动物岛拯救、繁殖,若炸毁动物岛,这些珍稀动物将濒临灭绝,或彻底从地球上消失。

时间一分一秒过去,怪物还在生长,她丝毫不惧烟熏火烤,似乎烈焰能给她养分与力量,涅槃重生。

怪物使劲摇晃着科普馆的钢结构,摇了这面又摇那一面,吼叫声一声比一声哀恸。最终,怪物找到一个较大的窗口,翻窗而出。她从透着红光的烟雾中走了出来,吐出一团火球。

第十七章 魔其实在我们心中

奇奇赶紧带着停留在不远处的动物们寻找庇护场所，沿途看见一群群聚集在空地上的动物，有的还往科普馆这边跑。奇奇忙喊道："怪物来了！快，快，找地方躲起来！"动物们纷纷追随奇奇，队伍越来越长。

一架架直升机出现在动物岛上空，前来解救动物。

嗒嗒嗒嗒嗒——嗒嗒嗒嗒嗒——一架架战斗机呼啸而至，向怪物密集地射击。

可是，子弹击不垮怪物，反而激起怪物的怒气。怪物向动物们的聚集地奔去，并随手拔起大树、路灯杆之类的，扔向直升机。

动物岛硝烟弥漫，直升机救援受阻。

战斗机迅速调整作战方案，加大了火力，四面夹击，将怪物围困在游乐园中。怪物躲进一片密林。

这时，动物们在奇奇的带领下，不知不觉跑到了高地。这里有山峰、瀑布，迷人的景色令动物们驻足，大伙儿也正好喘口气。

稍息片刻，奇奇说："你们看，那边有个山洞，我们先躲起来。"

花豹说："躲进山洞，你就不是英雄，是狗熊了。"

黑熊听了，脸色一沉，三步并着两步，气呼呼地撞了一下花豹："你怎么和那机器人一个德行。这句话伤害性不大,但侮辱性极强。是不是我们也要干一场?"

星星跑过去,站在花豹和黑熊的中间:"什么时候了,你们别吵啦!"

奇奇一屁股坐在地上,背靠山石,望着飞瀑,想到了熊猫谷。

"我本来就没打算当英雄,我只想在家好好玩游戏,和爸爸妈妈在一起。没有大使世家的标识,我家茶叶一样好卖……"

妞妞在奇奇旁边坐下了:"可是,你已经是英雄了。从你寻找花花师姐开始,甚至从你要挑战大使世家的特权开始,你就已经是英雄了。"

"是的。你是我们熊猫谷的骄傲,是当之无愧的英雄。"花花师姐的话语里充满了鼓励。

星星说:"别忘了,你爸爸说过,不放弃,你一定行的。"星星从口袋里掏出勋章,举到奇奇眼前。

奇奇露出惊讶的神情。"这个,我不是扔了吗?再说,这勋章,跟我们听到的熊猫大使故事根本不一样。"

"我在你住所外面捡的,本来准备在我们分别时再给你的。勋章是真是假并不重要,重要的是,你是我们的英雄。"

花豹说:"抱歉,我刚才只是开个玩笑。不过,躲能躲到何时?格斗冠军,不,熊猫大使,现在,你是我们的领袖。"

第十七章　魔其实在我们心中

星星朝花豹翻了个白眼，说："就是你故意设计格斗大赛陷害奇奇的。你这反派，跟着我们干吗？"

"我看着动物岛一步步繁荣，精心打理，我怎么会是反派？格斗大赛是001一手设计的，拿动物做实验有什么目的，我并不知道。"

星星不依不饶，说："现在说这些有什么用。我总觉得你怪怪的。你怎么不继续装酷了？"

"我和001都是机器人，只不过我是仿真版。K小时候有两个玩伴——花豹丹尼和001机器人，后来丹尼为了救K遭遇车祸死了。K的父母就制造了我，还给我输入了K与丹尼的记忆。我对K充满了感情，但K对我……"

妞妞并没有琢磨花豹的话，而是陷入自己的思考，缓缓说道："熊猫大使，降妖除魔，原来大怪物就是魔。"

奇奇说："大怪物不是魔，魔其实在我们心中，心中妄念才是魔。刚才，有那么一瞬间，我差点迷失，打算放弃。"

奇奇的目光渐渐坚定起来，他望着远处的硝烟与火焰，微微闭上眼睛。他的脑海里闪现出一个画面：一个形如太极的球，穿越时空，飞过美索不达米亚平原，飞过古希腊，飞过埃及，飞过美洲……

第十八章

只要心中有光,谁都可以成为英雄

起风了。带着一点点潮湿味道的海风吹过来。奇奇愈发清醒而坚定。

奇奇指挥大家道:"动物岛的居民,虽然来自五湖四海,但我们都是一家人。信息中心毁坏了,那动物岛四周的隐形墙是不是就没了。只要我们越过森林,就可以坐船离开了。海鸟兄弟们,信号有了吗?赶紧直播!另外,辛苦你们,去通知没有跟上的动物,让他们跑到海边来。肯定会有船来接应我们的。"

花豹恍然大悟,说:"没错,我都忘了隐形墙。就算它没消失,我也知道备用按钮在哪儿。"

第十八章 只要心中有光,谁都可以成为英雄

"放心,我们已开启了自带的信号。"海鸟老大又对其他的海鸟说:"有两个小伙伴直播就行了,其他的分头行动,通知动物们到海边去。"

大家向岛边跑去。正如奇奇所料,动物岛四周的隐形墙消失了。不远处,一艘艘军舰、救援艇快速向动物岛驶来,这场面就像军事演习一般壮观。动物们齐声欢呼,带着劫后余生的激动,彼此拥抱。也有一些动物回望着动物岛,神情黯淡,目光中夹杂几分哀伤,几分不舍。

动物们一个接着一个登上军舰与救援艇。有的动物哭了起来,他们已经感知到,今天的离别意味着什么。

奇奇在心里反复地追问:"动物岛是家园,还是监狱?究竟是谁错了,市长、001,还是K?"

眼看动物们都快上船了,星星拍了拍奇奇的胳膊,说道:"你在想啥呢?我们也准备上船吧。"

奇奇说:"星星,我得赶快找到K,解铃还需系铃人,只有他才能解决这怪物。"

"你为何不走?你又打不过怪物?"

"我说过,我要成为真正的熊猫大使,让市长送你回非洲。"

"还指望那个市长?只要出了岛,肯定有办法回去。"

奇奇、妞妞、花花、花豹都没有要走的意思,已经登

上救援艇的星星,又跳回岛上了。

星星委托海鸟老大寻找 K。

"海鸟老大,还是你去寻找 K 吧。现在,星奇组合升格为星奇联盟。"

海鸟老大说:"没问题,交给我吧。"

动物们撤离后,军队停止火力进攻,怪物得以喘息。她爬到一座山的山顶,望着大海嚎叫。那是绝望的哀鸣,那是悲恸的嘶吼。当一位母亲失去了儿子,她怎能不撕心裂肺呢?

怪物的嚎叫声传到数公里外的海边。奇奇的心隐隐作痛,同时他也得到"灵感"。

"我想到一个办法。我们去科普馆废墟里把改变动物性情的器皿找到,要找'呆萌''温柔'的。"

星星问:"就算找到了,怎么喂给怪物喝呢?"

奇奇看了看妞妞,又看了看花花。

花花猜测道:"你想让我们扮成一家人,用亲情来安抚她的情绪,再想办法制服她?"

奇奇点了点,说:"嗯!怪物重视亲情。"

"你们还是没回答我的问题啊?"星星在一旁急了。

妞妞带着开玩笑的口吻说:"当然由你扮演她儿子,叫一声妈妈,喂给她喝。"

第十八章 只要心中有光,谁都可以成为英雄

星星撇了撇嘴说:"得了吧,喂她水喝,还不如我放个臭屁把她臭晕。"

奇奇笑道:"可以啊,双保险。但我们先把鼻子捂上。"

伙伴们悄悄来到科普馆。抬头一看,"树干"部分几乎只剩下黑色的钢架,残缺的幕墙和地板都被熏黑了。不过,"树冠"部分倒还显得茂盛,一片片黑色的"树叶"挂在黑乎乎的"树枝"上,看上去摇摇欲坠。

大家掀开沙发之类的大件物品,仔细地搜寻着。不久,怪物也来到科普馆,绕着钢架转了大半圈,似乎在寻找着什么,也想钻进这座钢架。

星星问道:"她也来找东西吗?怎么办?"

奇奇想了想说:"我猜她在寻找 K 真正的妈妈。要不,我来唱童谣吸引怪物的注意力。你们赶紧去找到'温柔水'。"

"月亮出来啦,妈妈快回家,妈妈抱着我,我要睡觉啦……"奇奇哼着歌谣,走出科普馆。妞妞、花花也哼着童谣,扮演一家三口。

这时,星星和花豹也终于找到了瓶子上写着"温柔"字样的"温柔水"。

星星走过去,把"温柔水"递给奇奇。怪物近在咫尺,弯腰坐下来听着歌谣,她的神情渐渐变得安详。

正当奇奇准备把"温柔水"喂给怪物时,星星突然放

了一个臭屁。

星星涨红脸,说道:"对不起。我太紧张了。"

怪物回头紧盯着星星,眼珠子转了转,脸色大变,立马站立起来。

奇奇赶紧把星星推到一边,说道:"快撤!"星星连忙躲进了科普馆内。

妞妞和花花被怪物挡住,只得往另一方向逃离,那里有几排树木。怪物不慌不忙,迈着大步,跟在妞妞和花花的身后,又把树木连根拔起,让妞妞和花花无处躲藏。

奇奇顾不了那么多,冲了过去。他爬上一棵最为高大、粗壮的树,朝着怪物喊道:"嗨,我在这儿。"

怪物压根不理会奇奇,继续追逐妞妞与花花。奇奇只得沿着交错的树枝,从一棵树跳到另一棵树。

两只海鸟在一旁紧张地直播,他们不敢靠得太近。

眼看怪物要抓住妞妞了,奇奇跳了过去,挡在怪物面前。怪物只抓住奇奇,将他举在空中。

奇奇的脑子里闪过爸爸妈妈的样子,小声说道:"爸爸妈妈,我爱你们!成为你们的儿子,是我的幸运!"

怪物把奇奇扔在地上,正欲一脚踩过去。耳畔传来直升机的轰鸣声。一架直升机从高山旁冒了出来。

直升机上,市长满脸疲惫,他紧紧地握着 K 的手,语气是那样的哀痛,说:"孩子,求求你了。我们酿成大错,但还有挽救的机会。如果你爱妈妈,你就要去挽救这一切,挽救她所喜爱的动物们。求你了。"

K俯瞰着动物岛,泪水夺眶而出。

怪物盯着直升机。K从直升机垂下的梯子上走下来。

K深情地呼喊:"妈妈!妈妈!"

怪物的嘴巴也一张一合,发出呼唤般的叫声。

奇奇忍着疼痛,趁机爬到旁边的一棵大树上,把"温柔水"扔到怪物的嘴里。

怪物咬破瓶子,目光渐渐地充满了母性的光辉,朝K伸出了双臂。

K在梯子上荡来荡去,跳进怪物的怀抱,又将一支针管插进怪物的脖子,蓝色的液体注入怪物的体内。怪物扭了扭头,缓缓倒在地上,轻轻闭上眼睛。

"妈妈,睡吧!"K抚摸着怪物,把自己的脸庞贴在她的胸口。她的肌肤是多么的温暖啊,他很久很久没有体会到这样的温暖了。他听到她的心脏的跳动渐渐微弱,她将再也感知不到痛苦,感知不到希望与爱了。

嚯嚯嚯嚯嚯——嚯嚯嚯嚯嚯——空中的轰鸣声越来越近。一架军用运输直升机驶了过来,随着直升机的降落,强大的气流袭来。大家都睁不开眼,也不得不捂住耳朵。

这架直升机平稳地停在空地上,舱门打开,一位长官走了过来,架起K,给他戴上束手带。几名士兵从直升机底座抽出一卷绳索,绳索打开后变成一张大网,把怪物罩了个严严实实。长官把奇奇、星星、花豹、妞妞、花花都请上直升机。

直升机盘旋几周后,向陆地飞去,动物岛渐渐变成一个黑点。花豹唏嘘道:"一切都结束了吗?"K把脸贴在机窗玻璃上,几滴泪珠从空洞的两眼中落了下来。

奇奇和好友们被送到一处部队疗养院,进行全面的身体检查。他从电视上得知,动物们已在多个医院、酒店、度假村安顿好了,只有个别动物受了轻伤。

五日后,街心广场,还是那个老地方,熊猫大使欢送会在此举行。这盛况如同奇奇到来时一般。唯一不同的是,X国总统亲自出席欢送会。

X国总统给奇奇、花花、妞妞颁发了大使勋章。三个人互相望了望,会心地笑了。

"请熊猫大使奇奇先生发表感言。"总统把奇奇请到演讲台前,并给他调整好话筒的高度。

这一次,奇奇不再拘束。他先是向观众鞠躬,接着侃侃而谈:"只要心中有光,谁都可以成为英雄。只要心中有爱,我们就可以拥抱幸福。这次在X国的经历,我最大的

第十八章 只要心中有光，谁都可以成为英雄

收获不是拿到大使勋章，而是遇到星星，当然还有几位朋友。在成长过程中，有什么比友情更珍贵呢，我还没想到。是什么维系我们星球的美丽？我觉得是和平，万物之间的和平，也可以叫和谐……"奇奇说了五分钟，四周的掌声一阵接一阵，星星在心里数了数，一共是十八次。

在提问环节，记者问X国总统："总统先生，请问动物岛的动物们将何去何从？"

X国总统回答："这个问题，我特意请教了熊猫大使奇奇。他说'天地与我并生，而万物与我为一'。这句话的意思就是希望动物回归大自然。几分钟前，我刚刚签署了总统令，政府将接管动物岛，负责动物岛的运营。动物们可以自由选择回家或定居动物岛，同时，机器人助手将撤出动物岛，动物岛由动物居民们自行管理。"

又有记者提问："听说动物岛正在进行封闭式改造？"

总统说："告诉大家一个好消息，经过几天修整，动物岛已改造完毕，还增添了医养功能。从今天开始，定居动物岛的动物们会分批回归。"

观众中有人喊道："熊猫大使，你现在最想干什么？"一旁有几人抢答"睡觉""表演茶百戏""大吃一顿"。

奇奇听成了"最想什么"，大声说道："我想爸爸妈妈了，还有大肥鱼师父。"四周响起一片笑声。

这时,广场上的大屏幕出现了熊猫谷的画面,爸爸、妈妈、同学以及一群居民都在挥手致意。原来两地之间正进行视频连线。

奇奇喜出望外,叫道:"妈妈,那是我的小妹妹吗?"奇奇看到妈妈的怀里抱着一个熊猫宝宝,她的皮肤粉粉的,身上还有白色的绒毛。

妈妈点了点头,把妹妹举向前,好让奇奇看得更清楚。爸爸的眼泪居然不听使唤地冒出来,他忙用双掌按住眼睛。

红毛举着手,示意摄像机给他特写。他大声说:"奇奇,以前我只服我老妹,现在只服你。原来高手都低调。"

奇奇摸了摸头,不知怎么回应,只是咧着嘴憨笑。

奇奇望着屏幕喊道:"爸爸,妈妈,明天我们就能见面了。"

爸爸没再按住眼睛,搂着妈妈说:"我就知道,奇奇一定行的!"

熊猫大使欢送会之后,是归家之旅仪式,先后在港口、机场两个地方举行。

湛蓝的空中悬着团团白云,暖暖的海风把笑脸连成一片。进入港口区域,红地毯从入口处一直铺到邮轮上。岸边,彩旗迎风招展,格外亮丽,那是各个国家的国旗。

奇奇去港口是为了送别星星。他们到达的时候，动物们已登上邮轮。邮轮有两艘，一艘是送动物回各自国家的，一艘是送动物回动物岛的。

X 国总统发表了简短的讲话，还有几个国家的领导人也讲了话，内容差不多，一来向 X 国总统表示谢意，二来邀请奇奇去做客。

星星和奇奇来了一个深情的拥抱后，便登上环球邮轮。和挚友分别的依依不舍，胜过了第一次乘坐邮轮的兴奋。

起航的汽笛声响起。奇奇喊道："你不要忘记我呀！记得让爸爸妈妈带你到熊猫谷玩。"

星星拉了拉奇奇送给他的绶带说："我会把这个天天戴在身上，忘不了的。"

星星笑啊笑，只觉得奇奇的样子模糊起来，他转过身去，索性大哭起来。

奇奇、花花、妞妞是乘坐飞机回到熊猫谷的。飞机从动物岛上空经过时，奇奇正拿着望远镜俯瞰。他看见花豹站在广场上，身后的拱门上刻着 Garden of God。

奇奇情不自禁地叫道："花豹！"他眨了眨眼睛想再细看时，只能看到动物岛的高山与森林了。

妞妞问："奇奇，你刚才叫什么？"

奇奇取下望远镜，摇了摇说："没，没什么！我看见动物岛了。"

花花感慨道:"没想到在动物岛经历了这么多。"

飞机飞得更高了,一团团云朵触手可及。这天空,好似大海,却比大海更蓝,比大海更辽阔,比大海更纯净。少年的梦想,就是天空的模样吧!

尾 声

"嗨,大家好!这里是闻名全球的海鸟直播,我是《绝对内幕》栏目的主持人海鸟老大。走过路过,不要错过。今天由我带领大家参观动物岛,这是全网首次对改造后的动物岛进行报道。我可是拿到了政府的授权书哟!"

海鸟老大说话依旧是一句跟着一句,一句比一句快,一句话还没说完,下一句话已跑到嘴边,让你没法打岔,没法走神。

奇奇看着镜头里的海鸟老大,敬佩之情油然而生。时时刻刻激情四射,不是谁都能做到的。这是对生活无限的热爱,这是满满的正能量。

尾 声

海鸟老大在医养中心的门廊上停了下来。

"注意,看这里,看这里。这个牌子上写着四个大字:医养中心。这是动物岛改造时新挂的牌子,以前这里是医院。医院和医养中心有啥区别呢,我是没看出来。唉,大家就喜欢在名字上做文章。"

看到这,奇奇嘴角边的笑容扩散开来,嘴巴弯曲的弧度拉大了,说道:"这老大,说话真不留情面,人家批准你来搞直播,你却批评人家。"

嘴上这么说,可奇奇心里对海鸟老大又敬重了几分。言语犀利,有话直说,这是需要勇气的啊!

"透过玻璃,大家看到没有,那位戴着眼镜、身穿白大褂的,就是大名鼎鼎的K。不凑巧,K好像正在做实验。昨天我不是给他发了信息,说今天要来直播的吗!当然他没回复。K,超酷!这点,我喜欢。虽说他曾经闯了祸,但不能掩盖他天才的光芒。不是外科医生的生物学家,就不是顶尖的人工智能科学家。注意,正推着仪器进屋的,就是前任市长。快,给他们的脚来个特写。电子脚镣,大家看到了吗?对,媒体报道过,K和前任市长,这对父子俩就在动物岛服刑,继续从事拯救濒危动物的研究工作,将功赎罪。"

海鸟老大把半掩的窗户完全推开,压低声音说道:"K,

K,老朋友,能跟我们的粉丝打个招呼吗?"

K抬起头看了一眼,又低头工作。他剪了长发,剃了胡须,确实是一个大帅哥。

倒是前任市长看镜头,挥了挥手,算作是与网友打招呼,只是他的笑容有几分局促,几分羞愧。

"不打扰他们。我们再去一个备受关注的地方。镜头跟上。快点,在我前面飞。拍我的脸,不是拍我的屁股!"海鸟老大想到什么就说什么,这种不太严肃的风格,反而吸引了世界各地的粉丝。

"海鸟老大这张嘴,不去卖东西可惜了。你说对不对?"奇奇侧身,对着不远处的777说。

"朋友们,现在我插播一条广告。没错,就是广告。但是我没收广告费,是真心真意推荐。请看,这是我朋友,也就是著名的熊猫大使奇奇,寄给我的茶叶,这是他自家种的哟,注意,名字叫三片叶。喝了三片叶,神清气爽,吃得香,睡得香……"海鸟老大边说边从兜里掏出一包茶叶。

"哇,这就是传说中的心心相印吗?"奇奇叫道。

777专心摆弄着一架飞行器,没有搭话。

"这里就是动物岛的著名地标——科普馆。以前它曾是整座动物岛的指挥枢纽。虽然它被烧成一座铁架,但依旧是地标,现在它变成一座纪念碑。政府没有复建,就是为了让人们铭记曾经发生在这里的灾难。看那儿，注意，给特写。机器人001，据说它是世界上最先进的智能机器人之一，它拥有比人类更复杂的思维与情感，也拥有更复杂的人性。可惜了，这么聪明的机器人，也只能成为一座具有警示意义的雕像。说到这，我得为机器人叫屈。动物岛上次的怪兽事件，跟机器人助手有什么关系，政府非得把他们全部迁走。他们成了背锅侠。这下好了，动物们全都得自己动手。怪兽还活着吗，是被制成标本，还是被软禁起来了？动物岛的运营模式发生了哪些变化？我们下一期《绝对内幕》再给大家揭秘。现在，请随我一起看看动物们都在忙些什么……"

"瞧，那不是花豹吗？他对动物岛是真有感情，兢兢业业地打理着动物岛。如果我是他，早就被每天一堆鸡毛蒜皮的事儿烦死了。他在干吗？好像在表演茶百戏。嗨！花豹，给我们的粉丝打个招呼。"

"你们怎么又来了？"见到海鸟直播，花豹脸色变了，一副生无可恋的样子。

"我可是拿到授权的。你别耷拉着脸。现在，谈谈你学习茶百戏的体会。"

"没想到茶百戏竟然这么难学。嗯，这茶倒是蛮好喝的。"花豹想快点打发海鸟老大，强装笑颜，跟网友们打了招呼。

"我说句实话,你别不喜欢听。这么难学,只能说明你笨。哈哈哈哈!"海鸟老大说完,赶紧飞走了,留下一长串魔性的笑声。

奇奇摇了摇头,笑道:"这海鸟老大……"

"各位,这就是熊猫大使奇奇的旧居。这座竹楼不再给其他动物使用,永久留给奇奇大使,希望他抽空回来度假。我们都知道,虽然奇奇在这里只短暂住过一段时间,但他是拯救动物岛的英雄。奇奇大战怪兽的故事是这样发生的。我是奇奇的粉丝,之前就拍了他的很多特写,那天他获得格斗大赛冠军,我为了追求流量,用他的特写照片制作了一个短视频……"

"天啦,他又来了。怪不得花豹都躲着他。"奇奇又摇了摇头,这次是一脸无奈了。

奇奇放下手机,走到777身边,问道:"你还没弄好吗?你真笨,星星比你聪明多了!"

777一板一眼地说:"谢谢你跟政府说好话,没有拔掉我的芯片,还对我进行了升级,又邀请我来到熊猫谷定居。但是,你不能这样说我。"

奇奇拍了拍777说:"跟你开个玩笑。别弄了,我们出去玩玩。熊猫谷的夜色可美呢!"

奇奇和777乘坐空中巴士,远远望去,长老院议事厅

尾 声

的灯光还亮着,这是熊猫谷最高的权力机构。

议事厅的大门虚掩着,奇奇从门缝里看到,一群年长者正开会商议,列举大使世家有哪些特权。有位年长者手持毛笔,一丝不苟地记录,写了整整两页纸。接着,长老换了支笔,在上面打了一个大大的红叉。

奇奇默默离开,走在鲜花弥漫的小径上。777也没有作声,静静地陪伴。

一轮明月钻出来,高悬在药师峰的上方。奇奇说:"大肥鱼师父应该还没睡吧。他给我出的问题,我已找到答案了。"

这时,手机响了,原来是星星的视频电话:"奇奇,你那边是夜晚吧?你设计的游戏太棒了,我玩了一下午。对了,我们的出国手续都办好了,先坐环球邮轮,再坐飞机到熊猫谷。很快我们就见面了。"

"哇,太好了!你一定会喜欢上熊猫谷的。你还戴着绶带啊!"

"对啊!朋友们都觉得戴上绶带挺酷的。"

"我跟你说过的,大肥鱼师父给我出了这个题目——这个世界最需要什么?我突然想到答案了。"

"我能想到的答案是英雄、勇气、智慧、爱。快说快说,你的答案是什么。"

"成长!"

"成长?"

"对,就是成长!不仅我们需要成长,万事万物都需要成长。没有成长,哪来英雄呢?英雄又不是天生的。没有成长,世界会一成不变,停滞不前。"

"这个答案有点奇怪。我还得再想想。我不跟你说了,我妈叫我了。我得去收拾行李。"

和星星通完电话,奇奇停下脚步,抬头仰望天际。繁星点点,夜空深邃,风似乎是从遥远的宇宙深处吹来,带着神秘的讯息。

"你说,这个世界最需要什么呢?"奇奇望着星辰说道,似乎是喃喃自语,似乎是追问苍穹,似乎是期待777给出一个完美的回答。

"我是你的好朋友。你说是成长,就是改变。"777答道。

天边,一颗流星划过。"你说,有外星人吗?"奇奇望着夜空,遐思飞扬。

"肯定有。因为我好像听到外星人在说话。一个外星人说,人类的大明星,不,地球上的大明星,也不过是普通人。一个外星人拿着你的照片说对你有点兴趣,真正的强大,体现在此时此刻的勇气。"

奇奇回头,粲然一笑。

"真的还是假的？777，你现在真会说话。"

"百分百，真的。"

"来，我们比赛，看谁先到达功夫学院。"

奇奇迈开矫健的步伐，向山顶跑去，他的心里有一个阳光灿烂的明天……